韓国文学セレクション

ロ・ギワンに会った

チョ・ヘジン

浅田絵美 訳

新泉社

로기완을 만났다
조해진

I Met Loh Kiwan
by Cho Haejin

Originally published in Korea by Changbi Publishers, Inc., Paju.

Japanese edition is published by arrangement with Changbi Publishers, Inc.
through CUON Inc., Tokyo.

This book is published with the support of
the Literature Translation Institute of Korea (LTI Korea).

Jacket design by Y.A.S.
Illustration by MISSISSIPPI

目次

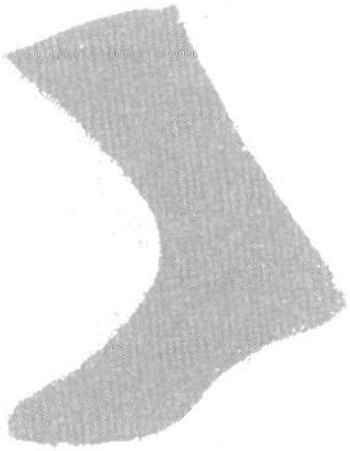

日本の読者の皆様へ

小説は贈り物だと思うことがあります。

物語にピリオドを打つのは作家の役目ですが、それを受けとめるのは一人ひとりの読者の皆さんです。

小説を通じて出会ったわたしたちは、きっと互いに何かを贈り合うことになるでしょう。

『ロ・ギワンに会った』では、その贈り物を内容と構成に織り込みました。ロ・ギワンは医者のパクに日記を贈り、放送作家のキムはその日記をもとに書いた記録をギワンに贈りました。登場人物たちが互いに贈り合った文章は、物語の中から出てきて読者の皆さんに届くことでしょう。

わたしは、そう信じています。

わたしたちの人生は、出会いの連続です。

わたしに、世界を広く見る姿勢と生きたいという気持ちを授けてくれたこの小説が、誰かに出会い、その人の人生の中で新しく生まれ変わることを願っています。

翻訳家の浅田絵美さん、編集を担当してくださった安喜健人さん、『天使たちの都市』に続きこの出会いの旅をともに歩んでくださった新泉社、そして何よりこの小説を読んでくださるすべての日本の読者の皆さんに心から感謝申し上げます。

ソウルにて

チョ・ヘジン

装画　MISSISSIPPI

ロ・ギワンに会った

二〇一〇年十二月七日　火曜日

はじめは、彼はただのイニシャルLだった。

無国籍者や難民と呼ばれ、時には、身分証すら持たない無戸籍者、非合法に入国した不法滞在者などといわれることもあった。誰ともリアルなつながりを持つことのできない幽霊のような存在でもあり、生存や帰属の保証が何ひとつ与えられない、異世界から来た別の種類の存在、すなわち異邦人でもあった。

ブリュッセルの市内地図を開き、いま自分が立っている場所を指で探してみる。

〈Gare du Nord〉

地図を見ながら、フランス語で〈nord〉が北で、〈gare〉が駅を指す名詞だったことを思い出す。ずっと前、マルグリット・デュラスの小説を原書で読んでみたいという一心で、フランス語を一年ほど独学したことがある。

　地図を折りたたんで脇に挟み、両手をコートのポケットの奥まで入れて、ユーロラインズ（欧州間の国際バス）の停留所へゆっくり歩いていく。ブリュッセル北駅を吹き抜ける風は冷たい。風に吹かれて髪がしきりに絡まる。バスの絵が描かれている、斜めに傾いたバス停の看板に向かって歩きながら、〝ベルギー〟〝ブリュッセル〟という二つの単語を繰り返しつぶやいてみる。

　二〇〇七年十二月四日火曜日の朝六時、イニシャルLはここに停車した白いバスを降りた。前日の夜にベルリンを発《た》ったユーロラインズは、およそ十時間におよぶ旅路の果てに無気力に彼を吐き捨て、次の目的地であるフランスのパリへと走り去っていった。夜から明け方を突き進むバスの車内で、乗客が山積みの荷物のように背中を丸めて窮屈そうに眠っているときも、彼は一瞬さえも目を閉じることができなかった。車窓から見える暗い景色は、まるで同じフィルムを回し続けているかのようで、どこへ向かっているのかまったく確信が持てなかった。バスはこの世に存在しない軌道を駆け抜けているように感じられ、窓辺に時折映る街灯は、軌道の周りでそれぞれが弧を描く星々のように寂しげだった。見たことのない言葉で書かれた道路標識は、むやみに踏み込んではならない世界からの冷酷な警告文のようでもあった。彼は、生まれて初めて乗ったユーロラインズの中で、自分が本当に生きているのかどうか何度も疑った。

彼がバスに乗ったのは、列車よりもパスポートのチェックが手薄だと言ってブローカーがチケットを買ってくれたからだった。わたしは、当時の彼の姿を思い描くことができる。背中に負った大きな布製のカバン、くたびれたジーンズに厚ぼったいパーカー。色あせた茶色い帽子と、ガラスにひびの入った腕時計。毛玉だらけの手袋、首にぐるぐると巻かれた野暮ったいマフラー、縫い目がほどけて黒ずんだスニーカー……。バスを降りてあたりを見回したまなざしは警戒心から鋭く尖《とが》ったものの、たちまち恐怖心で憂色《ゆうしょく》に沈んだことだろう。颯爽《さっそう》と道を行く人がすれ違いざまに肩でもぶつけようものなら、一瞬にして方向を見失い、呆然とした表情を浮かべたかもしれない。

彼の姓はロ、名前はギワン。年齢は二十歳。身長百五十九センチメートルに体重四十七キログラムの痩《や》せ型。ベルギーの公用語であるフランス語やオランダ語はもとより、英語すらわからないまま、遠く離れた貧しい祖国をひとり、後にした男。「べ、ル、ギー、ブ、リュッ、セ、ル、べ、ル、ギー、ブ、リュッ、セ、ル……」。数えきれないほど声に出し、その後も休むことなく静かにつぶやきながら、無国籍の異邦人ロ・ギワンは、南へと大きな一歩を踏み出した。

＊

人生やアイデンティティを裏付ける手がかりは、仮に存在するとしても、想像よりはるかに脆《もろ》くて弱いものなのかもしれない。本人の意志とは関係なく結ばれていく社会関係、しきたりや純粋な好意から生まれるさまざまなつながり、実態なく日常の範囲を制限したり線引きしたりする国籍や戸籍は、孤独ではないという慰めにはなるものの、その慰めは永遠に続くわけでも真実であるわけでもない。会社名と電話番号が刻まれた名刺や、出生、死亡、婚姻、身体の情報が記された役所の膨大な資料も、個人の絶対的な存在を証明してはくれない。財布に入った記念写真、約束や日程が週単位でメモされた手帳、外国の空港の出入国審査で軽やかな音とともに押されたパスポートのスタンプ、どこかに通じる錆びた鍵や、読みかけの本の折り曲げられたページも、人生の一部を示す手がかりになるかもしれないが、人生のすべてを明らかにするわけではない。そのうえ、朝七時に目覚めて夕方六時になれば疲労を感じるというサイクルに慣れきった体のリズムでさえも、揺るぎのない帰属を約束してくれるものでは決してない。

それゆえわたしたちは、切り株の上にうずくまった羽の濡れた小鳥のように、大空へ羽ばたくことも地に落ちることもできない一瞬一瞬を生きている、といっても過言ではないだろう。

イニシャルLのように。

わたしをブリュッセルへと導いたのは、イニシャルLが発した言葉だった。もう少し正確に言うと、時事情報誌の週刊Hに掲載されていたインタビューで、イニシャルLが語ったある言葉がきっかけとなり、わたしはそれまで慣れ親しんできた世界を離れることになった。

　さまざまな時事情報誌を読んで興味を惹かれた記事をスクラップすることは、わたしにとって仕事の延長だった。いつか担当番組のテーマにできるかもしれないと、毎週月曜の夜に書店に立ち寄り、雑誌を数冊買っては夜遅くまでページをめくった。その日も書店に寄って家路に就いたわたしは、見もしないテレビをつけて食卓に座り、週刊Hに目を通していた。その中の国際特集の記事は、ベルギーで幽霊のようにさまよう脱北者を取り上げていた。そこでは二人の脱北者が紹介されており、担当記者が二年ほど前に取材したという人物、Lの話がしばらく頭から離れなくなった。ある一つの言葉によって。その言葉は、記事を丁寧に切り取ってファイリングした後も指先に余韻を残し、わたしの心を乱していた。

　半月後、その記者に電子メールを送った。その日は、わたしがメインの放送作家を務めていた番組のディレクターに、仕事を辞めたいと告げた日でもあった。いつも二人で肩を並べて座っていた編集室でのことだった。

　編集機の前に座り、字幕と音声をチェックしていた彼は、わたしの言葉を聞いたとたん、空っぽの紙コップをぎゅっと握りしめて立ち上がった。編集機から流れる効果音が、二人の間に漂う気まずい沈黙を埋めてくれたのがせめてもの救いだった。腕組みをしたまま壁に寄りかかり、彼はこちらをじっと見つめた。〝プロとして失格だ〟。彼はそう言って話を始めたかったただろう。

〝愚かにもユンジュの一件を客観的に受けとめられず、ついには逃げるというのか〟。こんなふうに咎《とが》めたかったのかもしれない。たしかに、彼に何をどう言われても、仕事に対するわたしの姿勢は言い訳できるものではなかった。わたしという人間は、あの一件が起きた後も平常心を保ったままで仕事に再び打ち込めるようなプロではないことなど、ずっと前からわかっていた。そのうえ、この五年間、同僚であり恋人でもあった人と、仕事上だけの関係を維持できるほど心が強いわけでもなかった。

もちろん、すべてはただの言い訳にすぎない。

一か月後に迫っていた。それは、今度こそ神経線維腫《せんいしゅ》と間違われることのない、本物の悪性腫瘍を取り除く手術だった。術後のユンジュに下される診断を聞く自信が、わたしにはなかった。どうしても聞けそうになかった。ジェイの言うとおりだ。わたしは現実から逃げようとしていて、それ以外にこの状況をやりすごす術《すべ》が見つからなかった。

「今後はどうする予定ですか?」

よそよそしい口調で彼は言った。彼と正面から向き合うことのないよう、わたしはひたすら指で机をなぞっていた。二か月ほど前の駐車場でのあのとき以来、わたしたちは改まった言葉遣いで話すようになった。どちらもそのわけを訊《き》かなかったし、他人行儀な話し方はやめてほしいと頼んだこともなかった。ただ、以前とは違う話し方で二人の関係が気まずくならないよう、一方が改まった口調で話すと、もう一方も同じように応じるというのが、わたしたちなりの互いへの気遣いだった。

顔を上げた。わたしの視線は、疲れと苦しみがにじんだ彼の顔からうす暗い編集室へと移り、やがてそこに残っていた二人の親しげな息づかいや声まで捉えた。その瞬間、すべてを静止画のように思い出してしまう人間の記憶に嫌気がさした。忘れたくないことと忘れたいことが一緒によみがえり、ボリュームを下げても音声までありのまま再生されてしまう、そんな記憶のあり方が。今後、仕事上でも会えなくなるのなら、彼を思い出すたびに、わたしを笑顔にしてくれたその姿だけでなく、最後の編集室とその気まずい空気、そしてどこまでもナーバスな気持ちで聞いていた編集音まで、一度に思い出すことになるのだろう。

わたしの視線が気になったのか、彼が咳払《せきばら》いした。

「ブリュッセルに行くかもしれません」

何かに押されるように、思わず口にしていた。

「ベルギーの首都の、ブリュッセルですか？」

「そこに、会わなきゃいけない人がいる気がするんです」

曖昧な表現だった。彼は眼鏡《めがね》をかけ直して、「ブリュッセルか」とつぶやいた。なぜブリュッセルなのかとは訊いてこなかった。異邦人になって、異邦人であるしかなかった人物のことを自分の手で書いてみたいんです。番組の台本じゃなくて、例えば小説のようなものを。彼に訊かれなかったので、辞めると決意した日からずっと考えてきたこの言葉を伝える機会は、ついにやって来なかった。

L。

うつむいたまま、心の中で呼んでみる。遠い異国の地でまるで幽霊のように生きているイニシャルLが、いつの間にか自分の中で新しい世界へ踏み出すための暗号になっていた。

長い沈黙の果てに、彼は「旅立つ前に一度会おう」と言って、なんとか笑顔を作ろうと口もとを緩めた。まるでほほえむシーンの直前にスタンバイしている俳優のように、彼の口もとに張りついた緊張を、わたしは憂鬱な気持ちで眺めていた。あきらめたようにわたしがほほえむと、彼もすぐに微笑を返した。二人は、とくに意味もなく少しの間、なす術もなくほんの少しだけ見つめ合って、いや、ひょっとするとしばらくほほえみ合っていたのかもしれない。その間も時間が流れていることが信じられなかった。二人が真顔に戻ると、一か月ほどの放送分は取材済みで、放送作家は募集さえすればすぐに見つかるため、今週の放送までで辞めさせてほしい旨を淡々と告げた。給与も今週の放送分までで精算してもらえるとありがたいと申し出ると、もうそれ以上その場にいる理由がなくなった。彼が、感情を押し殺したような顔でこちらをまじまじと見つめた。事物の大きさと重さを正しく情報化し、つねに間違いなく復元できるよう設計された測量器や秤《はかり》のように、どこまでも真剣なまなざしだった。

「すいません、ジェイさん」

ちょうどそのときスタッフが編集室に入ってきて、彼に一枚の書類を差し出した。急ぎの決裁のようだった。わたしは立ち上がり、二人に会釈してドアに向かった。ドアノブをつかんだときだっただろうか。背後から、「出発前にユンジュと三人で食事でもどうだろう?」という声が聞こえた。わたしは振り向くことなく軽くうなずいたが、編集室を出てから正直な気持ちをつぶやいた。「それはできない」。ひょっとすると二人の別れの瞬間だったかもしれないのに、最後まで互いの気持ちを確かめ合うことのなかった自分たちに、どんな言い訳も見いだせないままで。指先はいまだにざらついていた。両手を広げてじっと見つめてみたが、わたしが隠しておいたイニシャルLの言葉は、どこにも見当たらなかった。その日帰宅して真っ先にやったことは、面識のないH誌の記者にメールを送ることだった。

三日後、丁寧な返信が届いた。その記者はH誌の専属記者ではなく、海外で暮らしながらその国の昨今の話題を記事にする、一種のフリーライターのようなものだと自身を紹介した。取材後にLとの連絡は途絶えたものの、Lをよく知る韓国人を紹介できるという親切な一文も添えられていた。わたしは謝意を重ねた返信を送った。そして、仁川《インチョン》空港を十日後に出発するブリュッセル行きのフライトのチケットをすぐさま予約した。ユンジュの腫瘍が悪性に変わったと診断され、本格的な抗がん剤治療が始まってから三か月が経っていた。

＊

ブリュッセル北駅から少し歩くと、黒のスーツ姿でヴァイオリンを弾いている初老の男性が目に入る。ズボンの裾《すそ》は泥で汚れていてワイシャツはしわくちゃでも、首もとに結ばれた蝶ネクタイだけはピンと伸びていて小ぎれいに見える。ベートーヴェンを思わせる白髪交じりの髪が冬の風になびく姿は、絵になっていた。演奏しているのは、ラフマニノフの〈ヴォカリーズ〉だ。ジェイの車でときどき流れていたので聞き慣れている。財布から二ユーロのコインを取り出し、男の古びた靴の前にあるヴァイオリンケースに投げ入れる。男はちらりとこちらに目をやると、にこやかにウインクする。

三年前のギワンも、この場所でヴァイオリンの演奏を聞いていたが、彼は初めて耳にしたその曲の曲名もこの国の言葉もわからなかった。そのときもこの人が〈ヴォカリーズ〉を演奏していたのかはわからない。だが、すべてが恐ろしく、目の前にそびえる新しい世界について何の知識もなかった二十歳の青年には、未知なるメロディがつかの間の慰めになったことだろう。その音色にすっかり魅了された彼は、カバンを下ろし、ジャンパーの内ポケットから五十セントコインを取り出してヴァイオリンケースに投げ入れた。ベルリン空港でブリュッセル行きのバスのチケットを買ってくれた中国朝鮮族のブローカーから、きっと必要になるときが来るからと渡されたコインの一枚だった。

その後もギワンは、ヴァイオリンのほかにアコーディオンやギターの奏者も、街中でよく見かけた。日記には、彼らの姿に自分の未来を重ねたこともあったが、そのたびにコインを入れたい気持ちを抑え、唇を固く結んで立ち去ったと書かれていた。飛行機のチケット代込みの費用をブローカーに支払うと、手持ちの残金は多くはなかった。わずか六百五十ユーロの資金は、彼の母が残した遺産のすべてだった。いや、そのお金は、彼の母そのものだった。ずっと後になって彼は書いた。街でさまざまな音楽を聞いたが、ある地下鉄駅の前で大きな犬と座っていた青年がギターを片手に歌っていた曲が最も美しかったと。そのときほど母と故郷を恋しく思ったことはなかったのだと。その曲名が〈ノッキン・オン・ヘブンズ・ドア〉だと知ったのは、後に彼がホワイエ・セラ（Foyer Selah）という難民保護施設で暮らすようになってからのことだった。快適な休憩スペースという意味のその施設は、難民申請が受理されて臨時の在留許可証を受け取った者が、申請結果を待ちながら社会に出るための準備をする場所だった。そこでは朝九時になると、ふくよかな黒人女性のシルヴィが事務所に出勤してラジオをつけるのだが、ある朝彼は、頭の片隅に残っていたその美しいメロディを耳にした。大きな雑巾《ぞうきん》で二階の廊下を拭いていた彼は、一瞬にして魂を奪われたかのように、半ば衝動的に音楽が流れてくるほうへ向かった。そして、事務所につながる階段の前で歩みを止めた。そのとき彼は、幼子《おさなご》のように鼻をすすりながら、抑えられない悔恨の念に打ちひしがれて涙を流しただろうか。窓辺の机に向かって書類を整理していたシルヴィは、普段と様子が違う彼の姿を怪訝《けげん》そうに見つめたことだろう。その視線の先にラジオがあることに気づいた彼女は、彼が何に惹きつけられているのかすぐに見当がついた。心優しいベルギー女性のシルヴィは、黄色い付箋に曲名とミュージシャンの名前をメモした。二〇〇八年三月二十五日火曜日の日記には、その付箋が貼ってある。彼は英韓辞典を開いて〈knock〉〈heaven〉〈door〉などの単語を探し、ある瞬間に曲名の意味を悟った。天国の扉を叩く。彼はその日の晩、ベッドから天井を見上げて、そのタイトルを繰り返しつぶやいたことだろう。

彼が北駅でヴァイオリンの演奏を聞いているページで日記を閉じる。ヴァイオリン弾きは〈ヴォカリーズ〉を終え、シューベルトの〈アヴェ・マリア〉を奏でている。わたしはまた地下鉄の駅へ向かう。中央広場のグラン・プラスまで歩くつもりだったが、時差にまだ体が慣れていないのか、一時間余りの散歩でひどい疲労を感じていた。

レオポルド駅の近くにあるパクのマンションに入るには、別々の鍵で扉を二度開けなければならない。中央玄関の扉の前で一度、エレベーターを降りて廊下の突き当たりにある六〇五号室のドアの前でもう一度。そうすると、ようやくわたし一人だけの空間が現われる。パクに渡された二つの鍵は、ブリュッセルという慣れない地で身の安全を完全に保てる空間を保証してくれている。

北駅からの帰りにスーパーマーケットに寄り、食料品が詰まった紙袋を胸に抱えてやっとのことでマンションに戻る。室内用のスリッパに履き替え、長年ここに住んでいたかのような慣れた足取りで浴室に行き、手を洗った。洗面台にはプラスチック製のコップに歯ブラシが入っていて、タオル掛けには韓国から持ってきた白と青のタオルが二枚掛けてある。シャワーブースに置かれたビニールパックにはシャワー用品が入っていて、ブルーのキャビネットにはシャンプーとリンス、ヘアーエッセンスが並んでいる。そのほか、三つの部屋やトイレ、リビングやダイニングにも、少しずつわたしの持ち物が増えつつある。

思いがけずわたしはここブリュッセルで、この高級マンションを無料で使わせてもらっている。

ブリュッセル在住のH誌の記者は待ち合わせ場所に約束どおり現われ、その翌日にはコリアンレストランで一人の韓国人を紹介してくれた。メールに書かれていた、Lをよく知るという人物だった。

六十代後半らしきその男性は、威厳とプライドを保ち、妥協とは縁のない世界で生きてきたような印象だった。むやみに感情的になったり傷ついたりすることからずっと前に開放されたような面持ちだったが、黒縁の分厚い眼鏡の向こうから覗く瞳には、孤独の色が漂っていた。彼は、「残念ながらその脱北者は一年ほど前にブリュッセルを離れ、いまはロンドンで暮らしている」と教えてくれた。〝残念ながら〟という声からは、そんな感情はまったく感じられなかった。わたしは、いますぐその脱北者に会えなくても構わないと伝えた。目の前のこの男性を何と呼ぶべきかわからず、呼び名を省いて話していた。記者はパク先生と呼んでいたが、なぜか彼には似合わないような気がしてならなかった。

「ライターだと聞いたが、キム作家と呼んでもいいだろうか？」

相手も同じようなことを考えていたのか、料理が運ばれてくると、そう問いかけてきた。箸を止めて、わたしは迂闊《うかつ》にもうなずいていた。〝キム作家〟。長年呼ばれてきた、社会的でなじみ深いわたしの呼称。最初の頃はユンジュも「キム作家さん」と呼んでいた。そう呼ぶときの彼女の声が好きだった。ユンジュは、戸惑いや不安がすべて受けとめられていると思わせる、成熟した大人の声の持ち主だった。コーヒーを飲んでいるとき、音楽を聞いているとき、歩いているとき、ユンジュにそう呼ばれると寂しさは不意に消えていった。その一方で、どんな歳月が十七歳の女の子にそんな声をもたらしたのだろうと思うと、鬱々《うつうつ》とした気持ちになった。どこにいても周りの視線を一気に集めていた、右頬からあごを覆う大きな腫れ物。それが、彼女から美しさや堂々と振る舞う権利を奪い、それと引き換えに、他者の寂しさを慰める声が与えられたのではないかと思うと、無慈悲なその贈り物にやるせない怒りがこみ上げてくることもあった。その腫れ物は、筋肉と血管、神経につながるたんぱく質の塊《かたまり》ではなく、他人の無分別な視線と、その視線に傷ついた脆《もろ》くて弱い心、人知れず流した涙で作られた、いびつで残酷なユンジュのもう一つの顔であり、周囲に背を向けている彼女の本当の人生を表わしていた。「オンニ《お姉さん》〔女性が仲の良い年上の女性に対しても親しみを込めて使う呼称〕って呼んでもいいのよ」。いつだったかそう言ったとき、彼女はようやく十七歳の女の子らしい純粋な笑顔を浮かべて、「いいの？　オンニ」と言った。

「二人でいるときは、わたしのことをパクと呼んだらいい」

記者がトイレに立ったとき、彼は素っ気なくそう言った。そういうわけにはいかないと答えたが、ドクターや先生などという呼称より、上下関係のないパクという呼び方のほうが彼に合っているような気がした。

食後にお茶を飲みながら、パクについて多くのことを知った。北朝鮮の平壌《ピョンヤン》出身で、小学校にあたる人民学校に通っていた頃、母親とともに軍事境界線を越えてソウルで暮らすようになった。同じ境遇にあった大半の人と同じように、彼の母親は苦労に苦労を重ねてパクを育て、貧しさはいつも母子を影のように追いかけた。パクがソウルの医大生だった頃、ある政治事件に巻き込まれ、大学時代に出会った妻とともに逃げるようにフランスへ留学した。母親は連れていけなかった。パクがフランスの大学で医学を勉強している間、彼の妻はレストランやスーパーマーケットなどで働きながら、どんな苦労も厭《いと》わず黙々とパクを支え続けた。医師免許を取ってからは、パリ近郊にある小さな病院で外科専門医として長年勤務した。四十代後半にベルギー出身の同僚とともにブリュッセルで個人病院を開業し、わりと容易にベルギーの市民権を得て、経済的に困ることなく安定した生活を送った。その間に二人の子どもに恵まれ、子どもたちは学校を卒業後に就職、結婚して、別の都市へ移り住んだ。母親と妻は、持病でこの世を去った。母親は韓国で、妻はブリュッセルで。シンプルにまとめられた一人の男の半生を聞きながら、わたしは人間の存在の脆《もろ》さについて考えていた。血のしたたる母親の両脚の間からこの世に誕生し、抗《あらが》うことのできない死を目前にするまで、徹底して孤独であり続けるしかない人間の運命的な限界が、パクの短い話にすべて詰まっていたからだ。

続けてパクは、五年余り前に妻が死んでから医師を辞めたのだと言った。突然降りかかってきたあまりに多くの時間を持て余し、ベルギーの韓国人会に入ってボランティア活動に携わるようになったという話をしたとき、パクはたった一度だけ微笑した。けれどもそれは苦笑いだったので、わたしは少し寂しい気持ちになった。彼に任せられた活動の一つが、まさにギワンのような人物の国籍を判別し、難民認定を受けられるようサポートすることだった。難民申請者が北朝鮮出身者かどうかを見分けるのに、パクはどうしても必要な人物だった。韓国語とフランス語に長けているうえ、平壌出身であることから北朝鮮についての知識も持ち合わせているパクのような人物でなければできない仕事だった。北朝鮮出身者の場合、ヨーロッパでは政治亡命が認められていて難民申請ができるという点から、中国人、とりわけ言語面でも脱北者と判別しづらい中国朝鮮族の難民申請が後を絶たず、パクの役割はいっそう大きくならざるをえなかった。

コリアンレストランを出ると、記者と別れ、パクと二人で雨のブリュッセルの街を歩いた。傘を持っていなかったわたしは、パクの大きな傘の下でときどき肩をぶつけながら、ベルギーの王族が暮らしているというブリュッセル王宮の周りを歩いた。ロ・ギワンについて多くの話を聞いたものの、何しろ彼はいまロンドンにいるので、すぐに会うのは不可能だった。雨脚が強まると、わたしたちは小さなパブに入り、パクは黒ビールを、わたしはチェリー入りのレッドビールを頼んだ。

ビールを飲んでいると、パクが不意に、なぜ脱北者に興味を持ったのかと問いかけた。もっと早く訊かれるだろうと思っていた質問だった。わたしは、時事情報誌の週刊Hに載っていたロ・ギワンの言葉がきっかけだったと答えた。ある日それを偶然読んで、久しぶりに台本以外のものを書きたいという思いが湧き上がったのだと話した。これだけはどうしても納得のいくものにしたいのだとも伝えようとしたが、おかしなことにそれは声にならなかった。

ギワンの言葉からどうしてそう思うようになったのかと訊かれたら、わたしが何も言えなくなることに気づいていたのだろうか。向かいのパクもこちらをぼんやり眺めているだけで、わたしの心をつかんで離さないその言葉についてはなにひとつ聞いてこなかった。ちらちらとこちらに目をやるパクの視線は何かを探ろうと鋭く光っていたが、それは不愉快なものではなかった。いつからかわたしは、二人のそばに静かに佇《たたず》む沈黙を、ただただ心地よく感じていた。沈黙は、さえずることのできない小鳥が口にくわえたランプのようだった。明るすぎないため柔らかく、さほど暗くないため不安を感じさせない、ほのかで静かな灯り。

パブを出ると、パクはわたしをここに連れてきた。

病院を辞めてブリュッセルの郊外に引っ越したものの、妻と暮らしたこのマンションは処分せず、書斎として使ってきたのだと彼は言った。けれども、歳《とし》とともに思うように動けなくなり、いざここに来てもこれといって調べものもないため、時間を潰すだけなのだと話しながら、ブリュッセルにいる間ここで過ごすのはどうかと言ってくれた。ありがたい話だったが、初めて会った人からそんな厚意を受けていいものか戸惑った。こちらも何かのかたちでそれに報いるべきだと思った。その提案をすぐに受けいれられず曖昧な態度でいると、その代わりに良いものを書けばいいと、またも素っ気なく彼は言った。その日、ロ・ギワンがイギリスに向かう前に送ってきたという一冊の日記と、難民申請局の聴取室で作成された書類の写しをパクから受け取った。どちらもロ・ギワン直筆のものだった。その資料は、異邦人であるイニシャルLがロ・ギワンという具体的な人物に間違いないことを証明する記録であるとともに、パクから受け取ったもう一つの鍵でもあった。つまりそれは、時事情報誌で見つけた言葉に続く、ロ・ギワンという人物を知るうえでなくてはならない二つ目の鍵だった。その日記と書類の写しをバッグに入れ、わたしはぼんやりとパクを見た。

「手術をすれば、苦しいことや傷つくこともなくなるのよ」

「そんなの味気なくて嫌だな、オンニ」

「痛みや苦しみのない人生も悪くないでしょう?」

「オンニは後悔しない人生を送るつもり? それじゃ、ものを書く仕事は難しいんじゃない?」

「後悔したことがなかったら、良いものが書けないってこと?」

「だって、放送作家で終わろうとは思ってないんでしょう?」

「台本じゃなくて、わたしがもっとほかのものを書きたいと思っているというの?」

「うん」

「例えば？」

「例えば……小説とか」

いつだったか、病院のロビーでユンジュと交わした短い会話がありありとよみがえったからだ。浴室を出て、机の上のノートPCの電源を入れて音楽ファイルを開く。音楽を聞きながらキッチンに向かい、紙袋から水、低脂肪牛乳、にんじん、玉ねぎ、みかん、りんご、ハム、チーズ、食パン、卵、そして少量の牛肉を取り出して冷蔵庫に入れる。ふと考える。どうしてこんなに気楽に過ごしていられるのだろうかと。散歩に出て、スーパーマーケットに寄って食料品を買い、夕方になれば音楽を聞きながら料理をする。ソファに横になり、韓国から持ってきた何冊かの本を少しずつ読んで、翌日の昼まで眠ることもある。電話がかかってくるのを待つこともあれば、かかってこないでと切に願うこともある。ユンジュからもジェイからも、電話はまだ一度もかかってきていない。

残りの食料品を食卓の上に残したままリビングに向かい、ベッド兼用のソファに座る。家を借りていてもベッドまで使うのは失礼な気がして、パク夫妻が使っていたベッドでは一度も眠ったことがない。ソファに横になろうとしたとき、乾いたような咳《せき》が出る。咳をこらえながら、スーツケースから薬箱を取り出す。そう言えば、朝から少し風邪気味だった。薬箱には、アスピリン、アレルギー性鼻炎の治療薬、睡眠改善薬、胃腸薬などが入っている。わくわくしながら菓子箱に手を伸ばす子どものように、目を閉じて薬箱に手を入れ、無造作に一つ取り出して水と一緒に飲み込む。薬のラベルを見ると、睡眠改善薬だ。眠りたかったので、かえってよかったのかもしれない。そのままソファに横になる。

わたしはまだ、ロ・ギワンについて何かを書く資格が自分にあるのか、確信が持てずにいる。

*

悪夢にうなされて目が覚めた。また、あの場面だ。時空間を超えて、この街へわたしを導いたあの言葉と深く結びついている、三か月ほど前のあの場面。どうしても起き上がれず、暗い天井をじっと見上げる。

〝残念ですが、悪性に変わっています〟

夢の中でユンジュの担当医の声がこだまのように響き、背筋が凍りついて体が冷えていく。熱いお湯でシャワーを浴びようと起き上がり、枕もとの左手にあったはずの目覚まし時計を手探りしたが、つかめない。不慣れな場所にいる感覚がようやくよみがえってきた。ここはソウルではなくブリュッセルなのだ。なぜここまで来たのだろう。何をしようと思い、こんな遠くまで来てしまったのだろうか。あたりを何度も見回す。ここから抜け出せる出口が、ソウルの麻浦区《マポ》へ、ワンルームマンションのベッドへとつながる出口が、どこかにひっそり隠れているような気がしてならない。

いつの間にか眠気は覚めていた。ソファの下に置いていた携帯電話は、夜中の二時と表示している。難解な化学成分でできた五十ミリグラムの錠剤では五時間も眠れず、深い静寂すら与えてくれなかった。

浴室に向かい、熱いシャワーを浴びる。タオルで体を拭き、新しい下着とパジャマに着替え、床に座って水分の多いボディローションを全身に塗り、手足の爪を切り、綿棒で優しく耳を掃除し、濡れた髪にドライヤーをかけながらブラッシングする。〝お前が憎い〟。知らない人から敵意に満ちた声で唐突にそう言われたとしても、さほど驚くこともなさそうな夜明けだ。ドライヤーを切って、ぼんやりと周りに目を向ける。〝結婚しようか〟。回想シーンにでも流れるようなエコー音がいつの間にか、静まり返ったリビングを包んでいた。一〇二七号室、ユンジュの病室前の廊下で聞こえたジェイの声。その言葉が、いまもなお自分を慰めているという現実にうろたえる。いまはただ、それだけがわたしを戸惑わせる。

その日、ユンジュの病室の前で、いつものように引き返すことも中に入ることもできずに足もとばかりをじっと見つめていると、後ろからジェイに呼ばれた。プロポーズにふさわしい日ではなかった。とはいえ、ユンジュの腫瘍が悪性に変わったと宣告されてから、心が晴れた日など一日もなかった。テレビ局を出たわたしを追いかけて、少し離れたところから様子をうかがった後、まるで夕食に誘うようにさらりとプロポーズしてきたジェイに、わたしは何も返せなかった。断られるよりも、気まずい沈黙が流れるほうがかえって相手を惨《みじ》めにさせることには気づかないふりをして。彼も、後先考えずに口に出してしまったのか、顔にはたちまち後悔の色が浮かんだ。そもそも彼とわたしの間には愛の告白すらなかったので、結婚という言葉の重さが現実的に響いてくることもなかった。二人はそれ以上視線を合わせることなく地下駐車場へ向かい、それぞれの車へと足早に歩いていった。そして車のドアを開けた瞬間、わたしは引き返して彼のもとへ向かった。こちらを見ていたのか、運転席に座っていた彼が窓を開けて顔を見上げた。わたしは、驚いたような彼の顔を見つめながら、まるであらかじめセリフを用意していたかのように、「ただの同僚に戻りたい」と淡々と言った。口には出さなかったが、彼にその理由がわからないはずがなかった。平静を装っていた仮面の奥のもう一人の自分が、幸せになる資格などない、うまく行くはずがない、と言いながら泣き叫んでいた。予想どおり、彼はうなずいただけで、最後まで理由を訊いてこなかった。わたしは、そのときの彼の表情の意味を読み取ることができなかった。

一、二分して、ジェイの車のエンジンがかかった。

彼の車が駐車場を出てから思った。これから彼のことを思うたび、一番先に浮かぶのはどんな姿だろう。集中して台本を読んでいる姿だろうか、それとも、少しもじっとしていられず出演者の動線とカメラの角度をチェックしながら慌ただしく動いていた現場での姿だろうか。ロケが終わると取材相手と低い声で話し合っていた思慮深い姿かもしれないし、エンドロールがテレビ画面に映し出されたときにちらりと見せた、幻滅したような表情かもしれない。

かつての情景を思い起こすことでいまわたしが確かめようとしているのは、その日以来、改まった言葉遣いで話すほど二人の距離が遠ざかってしまったという断片的なことではない。わたし自身も人生の大切な幸せを手放したこと、そして、自分にできる範囲で十分に苦しんだということを、もう一度確かめようとしているのだ。そこから得られる慰めとは、ほかの誰からも共感してもらえず、自分を納得させるためだけのものだということは、いますぐには受けいれないことにして。

二〇一〇年十二月九日　木曜日

ダミエ通り三十二番地にあるグッドスリープという名のホステルは、ブリュッセルの代表的なショッピング街、ヌーヴ通りからほど近い、イノデパートの裏手にある。クリスマスまではまだ半月ほどあったが、ヌーヴ通りはクリスマスのために作られたテーマパークのように、煌《きら》めくツリーと原色の装飾に彩られている。ダミエ通りに入ると、わたしはイノデパートが一つの境界になっていることに気づく。デパートの裏手には、ギャング映画にでも出てきそうなうす暗くて古びた路地が延びている。あんなにあったクリスマスツリーが一つも見当たらない。誰かがドラム缶を置いて火でもつければ、この場所におあつらえ向きの小道具になるだろう。

ヴァイオリン弾きの男にコインを投げた後、ギワンは大通りをあてもなく歩いた。ホテル、銀行、交差点、横断歩道、パンを食べる女、たばこを片手に歩く男、ゴミ拾いをする蛍光ベルトを着けた男たち……。ひとまず寝泊まりできるところを探すために黙々と歩いていたギワンは、一度歩いた道を覚えるため、見えるものすべてを目に焼きつけようと必死だっただろう。彼の手には、北駅の案内所で手に入れたブリュッセルの市内地図が握られていたが、彼はそれを読むことができなかった。どこであれ、何よりも先に地図を手に入れなければならないことは、延吉《ヨンギル》〔中国吉林省の延辺朝鮮族自治州の中心都市〕を発《た》つ前の一週間でブローカーから教えられた心得の一つだった。

ホテルよりはホステルを探すこと、金銭的に負担であっても当分の間は一人部屋を利用すること、なるべく早く韓国大使館に行って助けを求めること。

彼の脳裏にはこんな言葉も並んでいただろう。専門的なトレーニングを受けた政治スパイの行動指針のように、シンプルで余白のない短文の数々が。《ウッジュー・レット・ミー・ノウ・チープ・アンド・グッド・ホステル？》こんなふうに発音をそのまま書いた文章の一つくらいは覚えていたかもしれない。言葉とは、一種のコードのようなものだ。その世界に足を踏み入れるためにインプットしなければならない、社会的で論理的なコード。そのコードの一つも知らなかった彼が、中心街から少し外れた路地裏に迷い込み、グッドスリープというホステルにたどり着いたプロセスは、わたしにとっては一種のミステリーだ。

フロントでパスポートを差し出して、シングルルームを予約する。ガムを噛《か》んでいるショートヘアの女性スタッフは、Tシャツにジーンズ姿だ。二十代らしき彼女は、青春をここで無駄にしているることに心底憤っているような表情を浮かべている。しかしわたしは、フロントを離れた彼女の私生活もまた、グッドスリープというこのホステルの名前のように、どんな想像力も刺激することのない、退屈でありきたりな日常の連続だろうと確信する。この国で使われている二つの公用語どころか英語すら話せなかった彼は、この気難しくて愛想のないスタッフの前で何度も冷や汗をかいたことだろう。

「シングルルームはありません」

彼女が機械的な口調で言う。三年前もこのホステルにはシングルルームがなかった。英語のできない客に苛立《いらだ》ちを募らせる彼女を、彼はただ呆然と眺めるしかなかった。我慢の限界だと言わんばかりに、彼女が両手で作ったバツ印を振りかざすジェスチャーを見て、彼はようやくその意味を理解した。このうえなく非社会的で非論理的なコードで。いや、当時フロントにいたのは、この神経質なスタッフではなかったかもしれないけれど。

「じゃあ、ダブルルームをお願いします。ただし、一人で使いたいんですが」

彼はこんなふうに英語で伝えられなかったため、身振りと手振りで伝えるしかなかった。右手の指一本を立ててシングルを指し示し、左手の指二本を立ててからバツ印を作るというジェスチャーを何度も繰り返した。しかし、無声映画のコメディ俳優のように笑いを誘うというよりは、野次《やじ》を飛ばされる不慣れな脇役の大げさな演技のようで、脳裏に浮かぶ彼の身振りはわたしを少し悲しくさせた。

「わかりました。四十ユーロです」

スタッフが、ボールペンと宿泊者名簿を差し出しながら言う。四十ユーロ。彼にとっては大金だった。六百五十ユーロしか手持ちがなく、ダブルルームを一人で利用するとなれば、一日一食にしても二週間ほどしか持たない計算になる。一週間以内に韓国大使館へ行かなければならない。彼は瞬時に決心した。最後の希望、最後の夢、最後の行き先。彼は、女性スタッフに少し背を向けて内ポケットから防水布を取り出し、指を唾で湿らせて紙幣を数えた。防水布に包まれた六百五十ユーロ。その場面を想像すると、わたしの胸の奥深くに重苦しい痛みが突き刺さり、名簿に名前を書く手が止まる。彼の日記を読みながら一度だけ手が止まったのも、後半部分に書かれていたそのお金の意味を知ったときだった。わたしがここに来るきっかけとなった時事情報誌のあの言葉も、まさにその場面から始まっていた。

「あの、失礼ですが、ここで働いてもう長いんですか？　二年？　それとも五年くらい？」

記入した宿泊者名簿を差し出しながら訊くと、その女性スタッフは怪訝そうな目を向けた。

「四年目ですけど、何か？」

三年前、彼がこのスタッフを通じてダブルルームを押さえた可能性がまた高まった。もしもそうなら、彼は運悪くも、この国で最初のコミュニケーションを、このうえなく不親切なホステルのスタッフと取ったことになる。

「じつは、三年前にもここに来たんです。そのときあなたにお会いしたのかは、ちょっと思い出せないんですけど。泊まったのは三〇八号室で……」

「わたしも記憶にないですね。何しろここには一日に何十人ものお客が来るんですから」

「そうでしょうね。えっと、それで」

「まだ何か？」

「もし三〇八号室が空いていたら、その部屋にしてもらえませんか。思い出の部屋なんです」

「三〇八号室？　ああ、ちょうど空いてるわ。じゃ、そちらの部屋で」

「ありがとうございます」

「キーは渡しますけど、チェックインは午後三時以降ですから。荷物を置いたらすぐに部屋を出るように」

「わかりました」

最後まで彼女は、愛想笑いすら浮かべない。

エレベーターはあったが、三年前のギワンと同じように階段を使うことにした。中に何も入っていない機内持ち込み用の黒のスーツケースは、軽くて運びやすい。携帯電話は、三年前の彼が目を向けたガラスにひびの入った腕時計と同じ時刻、午前十一時半を示している。彼は五時間半もの間、凍える街をさまよい歩いた末にここへたどり着き、やっとのことで寝泊まりできる場所を見つけたというわけだ。

わたしは、三〇八号室のドアの前で立ち止まる。

ギワンは、プラスチック製のキーホルダーが付いた簡素なルームキーをゆっくりと鍵穴に差し込んだ。体をこわばらせていた彼はドアを開けた瞬間に、止めていた息を大きく吐いたかもしれない。無事でいることにひとまず安堵しつつ、あるいは、ついに正真正銘の孤独な存在になって死んでしまうかもしれないと感じながら、この街で最も寒々しい部屋の前で立ち尽くしていたことだろう。

ドアを開けると、意外にもがらんとした空間が広がっていた。置かれていたのは窓下にある二つのベッドだけで、シャワー室やトイレもなく、安宿の色がありありと見える。電子レンジやテレビはおろか、どんなホテルにもありそうな電気ケトルさえない。ドアの左手にあるグレーの洗面台は、年老いた芸術家の物憂げなインスタレーション・アートのように、このうえなく寂寞《じゃくまく》としていた。窓辺に向かい、スーツケースを壁ぎわに置く。カーテンを開き、窓を開けてみる。ストッパー付きの外開き窓は、大きく開け放すことができない。向かい側には、イノデパートの立体駐車場が見える。まだ車が入っていないこの建物は、脆弱な骨組みがむき出しになっていて、寒い季節に似合う、どこか寂しげな雰囲気を漂わせている。十二月の風が口いっぱいに冷気を溜めて、この部屋へふうっと一気に吐き出した。ブリュッセルの冬の風に形があるとすれば、つむじ曲がりの大男に似ているだろう。

この部屋でギワンが最初にしたのは、北の方角に腰を曲げて深々とお辞儀することだった。母へのあいさつだった。方向感覚のないわたしは、北がどっちなのかわからない。その代わり、ハンドバッグからたばことライターを取り出して火をつける。彼がここで二番目にしたことだった。窓を開けてデパートの立体駐車場を眺めながら手早くたばこに火をつけ、彼は遠く離れた場所に思いを馳せた。完璧に使いこなせる言語と自ずと身についている習慣があり、いつも見つめ合うだけで生きなければならないと悟らせてくれた、母のいた世界。すなわち、彼の故郷。

彼の日記には故郷についての言及がほとんどない。彼が生まれ育った咸鏡北《ハムギョンブク》道《ト》穏城郡《オンソンダン》世《セ》仙里《ソルリ》は、後に彼が難民申請局の聴取室で記した供述書に残されているだけだ。

《わたしの名前はロ・ギワンで、一九八七年五月十八日に朝鮮民主主義人民共和国の咸鏡北道穏城郡世仙里にある第七作業班で生まれました。》

この一文から始まるレポート用紙五枚分の供述書のうち、半分が故郷や家族に関する内容だった。彼が五歳のときに炭鉱で亡くなったという父親は第三作業班で、たった一人の家族だった母親は第五作業班で生まれたことも、わたしはその供述書を通じて知った。一九六五年十一月二十三日に咸鏡北道穏城郡の第五作業班で生まれ、二〇〇七年九月十一日に中国の延吉《ヨンギル》にある名称不明の病院の外科病棟で死亡したチェ・ヨンエという人物が彼の母親だった。数枚の紙に記録された彼女の生涯は、このように巡りめぐってわたしのもとに届いた。たばこの煙を深く吸い込んでみる。いまこの瞬間、わたし一人がこの世から静かに消えたとしても、誰も涙を流して心を痛めることはないだろうというやりきれない思いが、目に染みるような煙の中へ吸い込まれていく。

「ヘイ!」

ちょうどそのとき、背後からハイトーンの声が聞こえて、わたしはゆっくり振り返る。そこには、三年前のギワンがきょとんとした顔で見つめたであろう黒人女性が立っている。青い作業服姿で掃除機を持ったその女性は四十代前半に見える。彼女は三年前にもスペアキーで部屋に入り、壁をドンドンと叩きながらヒステリックな声でまくし立てた。

「客室での喫煙は禁止! それにいまは清掃時間よ。チェックインの時間まで出ていってちょうだい、いますぐに! 出ていかなきゃ、警察を呼びますから」

彼女は三年前もこんなふうに大声で言い放ったことだろう。

ギワンは、黒人女性の激しい言葉から、警察という単語だけは聞き取れた。これも、延吉で受けた予備教育で知った単語だった。それを聞いたとたん、体が凍りつくようなこのうえない恐怖に襲われた。彼女が警察云々と言ったのは、ギワンが不法滞在者だからではなく、単にたばこのせいだと気づくまで、窓辺に立っていた彼は銃殺される直前の死刑囚のように微動だにしなかった。赤みを帯びたたばこの灰が足もとに落ちたが、彼は熱さの感覚さえも失っていた。

わたしはたばこを窓のサッシで揉《も》み消すと、ハンドバッグだけを持ち、足音を立てるようにしてドアのほうへ歩いていく。部屋を出る前、腕組みをしながらドアのそばに立っている彼女を、怒りを込めた目で睨《にら》みつけるのも忘れなかった。〝あのね、彼は宿泊費を払っていたの。それなのに、部屋でたばこを一本吸っただけで警察まで持ち出すのは、ちょっと度が過ぎるんじゃない?〟こんな感情が視線から伝わるようにと願ったが、あごを上げてこちらを睨んでいる彼女の表情からは、あなたの抗議など受け付けはしないという強い意思さえ感じられる。わたしは、わざと音を立ててドアを閉める。ハローやボンジュールといったあいさつすら口にしたことのない東洋から来た小柄な青年は、丁寧にドアを閉めて部屋を出ながら、この都市での日々が、いまのように何者かによって繰り返される無視や軽蔑、そして自分に向けられた過度な警戒心やいらぬ誤解であふれるだろうと予感した。

＊

《ここは、まるで別世界だ。》

日記はこのように続く。ホステルを出て、ヌーヴ通りを歩きながらギワンは思った。ここは本当に別世界のようだと。午前中に宿を探し歩いていたときは開いている店が少なく、買い物客もほとんどいなかっただろう。早く寝泊まりできるところを見つけなければという焦りで、周囲の華やかな世界も目に入らなかったに違いない。ようやく宿を決めて街に出て、いま自分が立っているのがこれまで生きてきた場所とはかけ離れた世界だということに気づいた彼は、まるで虜《とりこ》になったように目の前に広がるすべてのものを見つめた。そして、ほんの少しの間だけ恐怖心を忘れることができた。光り輝くショーウインドー、並べられた高級品、耳もとに錚々《そうそう》と響くテンポの速いメロディ、真冬でも丈の短いシャツにミニスカート姿で接客する美しい女性スタッフ、彼女たちの口ずさむような話し声、買い物袋を手に提《さ》げて満ち足りた表情で街を闊歩する巨人族の子孫のような長身の人びと……。

ギワンは、延吉《ヨンギル》で資本主義というものに触れたことはあったが、ブリュッセルと延吉は別物だった。道行く人びとの姿が違い、聞こえてくる言葉が違い、そして何よりも二つの都市が醸し出す雰囲気が違った。延吉の資本主義が急ごしらえの貧弱な構造であるなら、ブリュッセルのそれは本来の意味での豊かさや自由が感じられる、ゆとりがあって堅固な構造だった。延吉は足りないものを満たすのにあくせくしている都市で、ブリュッセルはそれ自体ですでに満ちあふれた、排他的で傲慢な都市だった。

ギワンは不思議で仕方がなかった。栄養失調で成長が止まった子どもたち、病人のように髪の毛がごっそり抜け落ちた青年たち、生きる糧でもあった工場の機械を分解し、中国産の安い穀物と物々交換するしかなかった若い労働者たち、農場の倉庫にこっそり入り、穀物を盗み食いして捕まった瞬間にも、がむしゃらに手を伸ばしてひと握りでも多く口に入れようとしていた人びと、一日おきに届いた訃報、常備薬さえ入手困難だった病院、冷暖房機はおろか電気自体もたびたび消えていた役所、もはや教科書や学用品を用意できなくなった学校……、あれは、あの人びとは、幻だったのか。こんなにも豊かな世界の向こうに、信じられないほどの貧しさと飢えにあえぐ大きな共同体が、まぎれもなく一つの国家として存在しているということが信じがたかった。そして、ほかでもない自分自身がそこから来たという事実は、なおさら現実の出来事ではないように思われた。誰にも歓迎されないはるか遠くのパーティーに招待状もないまま訪れた場違いな訪問客のように、故郷を思い浮かべた瞬間、彼は自分でも説明のつかない羞恥心を抱いた。

ギワンはこう記している。

《この国の人びとは、口の中でガラス玉を転がすような言葉で語り合う、巨人族の子孫のようだ。》

あまりにも柔らかいその声は、甘い言葉をささやくときに使えるだけで、悲鳴、絶叫、号泣といったものは最初から想定されていないような言語。一方、ブリュッセルの人びとは、ギワンのことをどのように見ていたのだろうか。飢えというものは歴史の本や映画を通じて間接的に知っているだけで、命をかけた越境などはゲームの世界でしか起こらない架空の出来事であり、国籍を失った者の病的なまでの不安など想像すらできないだろう。わたしとさほど変わらないこの国の人びとは。

もう少し。そうささやいてわたしはまた歩き始める。もう少し、あと少し歩かなければ、と自分に言い聞かせながら。

どの店のショーウインドーだったのだろうか。

ギワンが足を止めて覗き込んだ飾り棚には、黒のウールコートを着た細身のマネキンがあった。その足もとに置かれた小さな値札には、二千三百二十ユーロと書かれていた。その数字は、彼にとって虚数のように非現実的だった。しかも彼のそばには、そんな服を買ってあげたいと心の底から願う、たった一人の家族さえいなかった。

冬の間、彼の母は中綿《なかわた》がほとんど抜け落ちた軍用ジャンパーを着て、銭湯とスナックに働きに出た。延吉の冬は、ブリュッセルより厳しい。彼の母は昼間に銭湯を掃除し、夜はスナックで給仕をしたり、酔っぱらった客の前で歌を歌ったりした。彼はスナックの仕事だけはやめてほしかったが、夜にまた仕事に出る母を止めたことはなかった。延吉において、身元がはっきりしない若い男の職探しは不可能だった。若い男は公安の目を引きやすく、捕まってしまえば、その後どうなるかは誰にもわからない。違法の伐採場や工事現場などに行ったことはあったが、幼い頃から小柄で体が弱かった彼は、現場の事務所で相手にされずに肩を落として帰るしかなかった。彼は、母方の親戚がかろうじて用意してくれた陰気な小部屋で、持ってきた本や韓国系教会の関係者が寄付してくれた中国語の教材にうわの空で目を通しながら、せわしそうに仕事に出ては帰ってくる母を見守るしかなかった。めったにない働く機会をむなしい気持ちで待ちわびながら、自分の小さな体と炎火《えんか》のような心を嫌悪すること、十九歳から二十歳にかけての彼の月日はそんなふうに散っていった。

マクドナルド。

ヌーヴ通り二十四番地にあるこのマクドナルドが、お腹を空《す》かせたギワンが入った店だろうか。延吉にもマクドナルドはあった。真夜中に川を渡り、そこが中国だということ以外に何ひとつわからなかった見知らぬ森で朝を待ち、激しい風と闘いながら十五時間歩き続けた末にようやく母方の親戚に会い、バスで向かった延吉。ギワンが初めて目にした資本主義の都市だった。看板に描かれたマクドナルドやケンタッキーフライドチキン、人びとが手に持っているモトローラ社の携帯電話のマーク、道路を走るトヨタやベンツなどの自動車のエンブレムは、素晴らしい何かを約束してくれそうな資本主義の記号だった。しかし、そこで一年以上過ごすなかで、彼が中心街にあるマクドナルドでハンバーガーを食べたことはなかった。モトローラの携帯電話やトヨタの自動車も、彼の所持品リストに入ることはなかった。彼は、延吉の中心街からバスで三十分以上離れた、貧しくて辺鄙《へんぴ》な町を離れたことはほとんどなかったし、昼夜の区別もつかないうす暗い部屋で、まるで幽閉されたような日々を過ごしていた。

何度もためらった末に、彼はついにマクドナルドに足を踏み入れた。〝チリン〟。お金のある者を歓迎する扉の鈴音。三年前と同じように、今日もこの店は空席が見つからないほどの賑わいだ。カウンター前にできた長蛇の列の最後尾に並んでみる。当時の彼が知っていたファストフードはハンバーガーとコーラだけだったため、それ以外のものを注文することも訊くこともできなかった。次第に近づいてくる順番。彼の心に、新たな緊張が走ったに違いない。

日記には、彼が初めて食べたハンバーガーが何だったかは書かれていない。牛肉味のとんでもなく大きなバーガーだったと書いてあるだけだ。ベルリン行きの飛行機で機内食を食べて以来、彼は一日半以上何も口にしていなかった。まるで体に戦慄が走ったように、舌に絡まる甘くて熱い肉を一気に平らげ、口の中をシュワっと包むコーラを飲み干した。資本主義の味は甘かった。ポケットから取り出せるお金さえあれば、資本主義はどんなときでも必要なものすべてを、時には満腹後に感じる根拠のない楽観性まで与えてくれそうだった。食べ終えた彼は、ブリュッセルに着いて以来、いや、故郷を後にして初めて、安堵感で心が満たされていた。

わたしはいま、三年前のギワンが座っていたであろう窓ぎわの席から街を眺めている。目の前にあるのはビッグマックセット。窓の外ではチャドルのような黒いマントをまとった女性が、生まれたばかりの赤ちゃんを胸に抱き、寒さで体を震わせながら物乞いをしている。ヨーロッパでよく見かけるジプシーだ。赤ちゃんを抱いて物乞いするジプシーが多いと、いつだったかガイドブックで読んだことがある。人びとの同情心を引くのに、寒さに震える痩《や》せ細った赤ちゃんほど効果的なものはないだろう。しかし、街を歩く大半のブリュッセル市民は、そんな同情心などには慣れきっているのか、その女性のうす汚れた紙コップにコインを投げ入れることはない。もう一度、店内を見渡してみる。食べ物を噛み砕き、飲み込む人びとの唇は、油でてかてかと光っている。上着を脱いでもなお汗をかきながら夢中で食べては笑い、騒ぎ合っている人びとの間にわたしは座っている。この日常的な空間でさえ、お金のある者とない者は、大きく異なる別の世界へと組み込まれるのだ。

この奥の席は、いつからわたしのものだったのだろう。

ジプシーの女性のせいでも、人びとの油ぎった唇のせいでもないだろうが、なかなか食欲が湧いてこない。夕暮れの西日のように、ユンジュの話がどうしようもないほど悲しく二分化されたこの世界へゆっくりと染み込んでいるからだろうか。お母さんがお父さんの代わりに働くようになってから、冷えたご飯を急いで食べるようになったと、あの子が話したことがある。特別放送の編成のために予定外の休みが取れて、里門洞《イムンドン》にある半地下《パンジハ》の彼女のひとり住まいの部屋にピザを持っていった日のことだった。検査結果がすべて出て、手術は二週間後に迫っていた。わたしは、手術前の体にいいとは言えなくても、我慢していると無性に恋しくなるものを彼女に食べさせたかったのだろう。

冷えたご飯を急いで食べるしかなかったあの頃、ユンジュは九歳くらいで、妹は小学校への入学を指折り数えるようにして待ち焦がれていた時期だったと彼女は続けた。ひとことで言えば、最も食欲が盛んな成長期だった。工事現場で働いていた父親は、落下してきたレンガに当たって以来、長らく腰が動かなくなっていた。台所仕事ができなかった父親は、自分が役立たずになったことを受けいれられず、自虐的なひとりごとを繰り返すようになった。じつに二年近くの間、彼は目に見えない大きな怪物と闘わなければならなかったのだ。近所の工場でプラスチック製食品容器の梱包作業の仕事を始めた母親は、時間どおりに帰宅することはめったになかった。夕飯時になると、空腹とわけのわからない父親のひとりごとから逃げるように、ユンジュはよく妹を連れて外に出た。母親の帰りを待つ時間は、どこまでも長く感じられた。

「それが……」

彼女がピザをつまみながらつぶやいた。

「ある日、お母さんがピザを買ってきたんです。冷えきっていたのに、世界で一番おいしいって感激したのを覚えています。妹と競争するみたいに頭をぶつけ合いながら、あっという間に食べきって。わたしのほうが食べるのが速いから、妹はそれが悔しくて泣きわめくし、こっちに背を向けて横になっていたお父さんは、お母さんが声をかけてもまったく反応しないし。お母さんは、うつろな目でわたしと妹をぼうっと見ていました。案の定、わたし、夜中になってお腹をこわしたんです。トイレで全部戻しちゃって、それがもったいなくて便器の前に座り込んで大声で泣いて。でも……」

「……？」

「それが最後だったんです」

「最後？」

それとなく結末がわかることをわざと確かめて、相手の心をえぐる大人げない者のように、わたしはそう訊き返した。

「次の日の朝早く、お母さんが家を出ていきました。完全に、いなくなったんです。それ以来、お父さんは正気を失ったようになって。わたしの右頬が腫れ始めたのも、その頃だったと思います」

話が終わってからも二人で和《なご》やかにピザを食べたが、ときどき真顔で苦しそうに唾を飲み込む彼女の姿を、わたしはまっすぐ見つめることができなかった。その日、わたしはお腹をこわした。後片づけを終え、バッグを手に取って腰を上げようとした瞬間に吐き気を催した。わたしの背中を、彼女はずっとさすってくれた。そして、両手の親指の先を針でそっと刺してくれた〔胃もたれや消化不良のときに、韓国でよく行なわれる民間療法〕。

　ハンバーガーとコーラを隅によけて、バッグから携帯電話を取り出す。こちらに来てからまだ一度も使ったことのない、国際ローミング設定をした携帯電話の画面を開く。ユンジュの病室の番号を押しながら、最初に何を言おうか考えてみる。〝前に話したように、いまブリュッセルに来ているの。ベルギーという国の首都のブリュッセル。抗がん剤治療、大変でしょう。もうすぐ手術だけど、体調はどう？　うまくいくよう祈っているから〟。いや、そうじゃない。現実から逃げ出した自分の状況を考えると、彼女を気遣うそんな言葉は心がこもっておらず、上っ面だけの殻《から》のようなものにすぎない。いっそのこと、こんなふうに言ったほうがいいかもしれない。〝ある人のことが知りたくてここまで来たんだけど、勇気がなくて、会いにいく代わりにその人が行ったところや行ったかもしれないところを訪ねているの。これでいいのか、自分でもわからないのだけど〟。

　頭《かぶり》を振る。どんな言葉も間違っているような気がしてならない。

　どうせ顔を合わせないなら、もう少し正直になってもいいかもしれない。ただのイニシャルLだった面識のない人物の人生から、どうしてこんなにも見覚えのある場面が浮かんでくるのかわからない、と表現できるかもしれない。電話の呼び出し音が鳴り始める。着信音がやかましく鳴り響くなか、電話機をぼんやり見ているユンジュの姿を思い描いてみる。電話はなかなかつながらない。十回目か十二回目の呼び出し音が鳴り、ジージーという雑音とともに誰かが受話器をじっと握っている気配がした瞬間、慌てて携帯電話を折りたたむ。最初から話をするために電話をかけたのではなかった。そうではなかったのだ。日頃からユンジュは、病室の固定電話にあまり出なかった。それを知っていて、わたしは彼女の携帯電話ではなく病室の番号にかけたのだった……。

折りたたんだ携帯電話のディスプレイには、丸ゴシック体で時刻が刻まれている。グッドスリープに荷物を取りに行く午後三時になったことを、携帯電話の時計が親切に教えてくれていた。

*

憐《あわ》れみという感情はどのようにして生まれるのだろう。どのように生まれ、どのように育ち、どのように消えていくのか。他者との関係から生み出されるこの感情が、偽りのない心になるためには、何が必要で何を捨てなければならないのだろうか。

これは、ジェイと番組を制作するなかでわたしの内面に芽生えた問いだった。実際のところ、彼に出会う前のわたしは、憐れみという感情について深く考えたことがなかった。

ジェイの発案で五年間ともに制作してきたその番組は、苦しみを抱えた人びとを取材した二十五分のミニドキュメンタリーだった。一回の放送で二つのエピソードを紹介し、放送中に電話自動応答サービスを通じてリアルタイムで寄付を募るシステムだった。難病の息子を悲痛な思いで育てるシングルマザー、止まらない食欲をコントロールできず体重が二百キログラム近くまで増えた少女、夢と未来をつかむために韓国に来たものの、労働災害によって脚を失った外国人労働者、貧しさゆえに病院で検査を受けられず病状が悪化した身寄りのないお年寄りなど、社会から疎外された人びとの存在を伝えた。わたしが初めてメインの放送作家を務めた番組でもあった。

この番組を担当する前は、一年間スクリプター業務〔記録係〕を担当した後、三年近くサブの放送作家として働いていた。サブ作家として担当した最後の番組は、医療ドキュメンタリーだった。視聴者から寄せられたエピソードの中で印象深い患者を選び、数週間取材して、五十分のドキュメンタリー番組を作る仕事だった。心が傷ついた人はどこであれ行くことができるとしても、体の病にかかった人は病院以外に行く場所がないということに、わたしはそのとき初めて気づいたのだった。誰もが知っている当然のことなのに、本当のところは心から理解できていなかった。当時はサブ作家にすぎなかったが、患者の状況次第で急なスケジュール変更も少なくなかったため、時にはメイン作家の代わりに一人で番組一本分の台本を書くこともあった。リュ・ジェイというディレクターの心を動かしたのは、本人も筋萎縮症《きんいしゅくしょう》という難病患者でありながら、認知症と糖尿病の父親を看病する、三十二歳の青年のストーリーだった。淡々としたナレーションが良かったと彼は言った。数人のスタッフとナレーション担当のアナウンサーが集まった、最初の会食でのことだった。それは、彼とわたしが初めて顔を合わせた席でもあった。

取材相手の苦しみをどうしても伝えたいという偽りのない心が伝わってきた。彼はその日、そんなことも言った。ようやくサブ作家を卒業してメイン作家になれた喜びで浮かれていたわたしは、彼が注いでくれた焼酎のグラスを手に何度もうなずくだけで、偽りのない心など自分でもよくわからないとは言えなかった。本当にそう思っているのかどうかを考え、そうでなければなぜなのかじっくり思いを巡らせ、機械的に台本を書く姿勢を反省するのは、タイトな放送スケジュールの中では不可能に近いことだった。目を覚ませばロケ当日で、夜が明けるまで台本を書き、少し休みたいと思ったときにはすでに編集スケジュールが組まれていた。取材相手からは幾度となく連絡が来て、ロケ現場で想定外の出来事が起こるのは日常茶飯事で、ディレクターは台本を大きく振りかざしながら、「もっとドラマチックに!」と声を張り上げた。

放送局でスクリプターとサブ作家として働いた四年間、わたしはいったい何をしていたのだろう。

自分がしたこと、それは痛いほどわかっている。休むことなく放送台本を書き続けた。一度テレビの電波に乗れば、誰ひとりとして二度とページをめくることのない紙の束に囲まれて、わたしの二十代は過ぎていった。仕事自体はこのうえなく単純だったが、それ以外のことにいつも疲弊していた。ひょっとするとその四年間、仕事そのものに没頭していたというよりは、それ以外のことに耐えるために働いていたのかもしれない。わたしは耐えて、耐え続けた。一日中机に向かい、出演交渉のみならずロケハンまで作家に任せっきりの怠慢なディレクターに、夜中に数十回も電話をかけてくるヒステリックなメイン作家に、タクシー代を払えるほどの給料でないことを知っていながら、終電時刻が過ぎるまで同じ話を繰り返すだけの上司に、わたしはじっと耐え続けなければならなかった。素知らぬ顔で生理用ナプキンを買いに行かせる先輩作家や、番組の最終回が近づくと周りのスタッフの顔色をうかがいながら伝手《つて》を頼ってせわしなく仕事を探す同僚も、耐えなければならない項目の一つだった。他人の企画案をほとんどそのまま写して提案していた人、自分の実力を見せつけるために他人を露骨にけなしていた人、事実かどうかも確かめないでうわさ話を膨らませることだけに全エネルギーを注いでいた人……、そのすべてに耐えながら、わたしは社会にわりとうまく順応していた。適度に惰性に染まり、情熱は根拠のない悪意や嫉妬に注ぎ、責任を負うことを遠ざけ、誰も必要とすることのない、適度に自立した人間。その一方で、いつも何かが欠けていて、あまり喜怒哀楽を見せない乾ききった人間。いくつかの番組を経て、偽りのない心というものは、いつの間にか忘却の彼方《かなた》に消えていた。そのため、五年前のわたしは、ディレクターのその言葉に羞恥心さえ抱かなかった。彼が伝えたかったのは、取材相手の苦しみは何をどのようにしても伝えようがないのではないか、というある種の反語法だったことにさえまったく気がついていなかった。

放送時間は、金曜日の夜十二時からだった。ジェイとわたしは、毎週金曜の夜になるとテレビ局の会議室に並んで座り、ともに制作した番組を見た。感情は伝染する。編集された他者の苦しみに彼が満足していないことを感じ取って以来、わたしもまた、自分で書いた台本がすべて偽りであるような自己嫌悪に駆られて心が苦しくなった。時が経つにつれて、二人で隣り合って番組を見る回数が増えると、彼の感情がこちらへ大きく押し寄せてくるようになった。彼と出会う前には知りえなかった、新たな苦しみだった。それは、無力感とも幻滅とも言えるものだった。番組の目的は、一回一千ウォン分の寄付ができる自動音声応答システムに電話をかけるよう、できるだけ多くの視聴者を導くことであり、さらに重要なのは、毎週はっきりわかる数値で記録され、自動的に序列化される視聴率だった。映像は取材相手の不遇な状況に劇的にスポットを当てなければならず、ナレーションは大げさな感傷に浸るようになった。番組が終わり、音楽が流れてエンドロールが始まると、彼とわたしは黙ったまま互いをじっと見つめた。〝なぜあんなものを作ってしまったのだろう〟。口に出したことはなかったが、二人の目にはいつもそんな疑問を投げかけるような憂いの色が漂っていた。二人を同じ分だけ苦しめる問いだった。

ジェイは、憐れみとはいまの自分を慰めるために他者の不幸を対象にする、どこまでも自己満足な感情にすぎないと信じているようだった。視聴者は、電話をかけて一千ウォンを支払うことで自分の置かれた状況がそれほど悪くはないと再認識すると同時に、一週間分の相対的な満足感を買うのだと、いつだったか彼が酒に酔って皮肉るように話したことがある。わたしは同意できなかった。他者を客観的に捉える次元から心を痛める次元へ、そして心を痛める次元から共感する次元へと変わるとき、憐れみが必要だ。そのプロセスで、ある人は自分を、自分の感情や信念、あるいは人生そのものを否定するという苦痛を味わうこともある。画面の向こう側にいる人物が自分と変わらないと思えるのは、自分の人生が途方もなく悲劇的なときだけではないはずだ。信じてきたすべてのことを疑い、否定したとき、自分自身もまた不遇な地を歩む、儚《はかな》い存在になるのだとわたしは考えるようになった。もちろん、そんなふうに考えるようになったのは、彼に出会ってからのことだった。

わたしの台本は少しずつ変わっていった。〝しかし〟〝それでも〟という接続語や、〝わたしたちも〟〝同じように〟〝変わらない〟という表現が増えた。ジェイは、この台本はよく書けているという控え目な褒め言葉すら言ってくれなかった。ただ、「希望を感じさせる終わり方は悪くないけれど、視聴者に希望を押しつけてはならない」と何度も繰り返すだけだった。放送という構造の中で、偽りのない心のようなものは永遠に生み出すことができないという悲観的な考えが読み取れる助言だった。そう言われるたびに、わたしは彼が間違っていることを証明したかった。

変化したのは、台本だけではなかった。取材相手への態度も変わっていった。スクリプターが、インターネットの掲示板や電話で寄せられたエピソードの送り主に話を聞いて取材の承諾を得ると、ロケの前までにできるかぎり個人的に彼らに会い、多くの時間を共有するようになった。台本の完成度を高めるためではなかった。録音機を持って話を聞く代わりに、食事をしながら素直に彼らの話に耳を傾ける、気兼ねのない時間だった。サブ作家が作ったロケ構成案を検討し、台本を書き、編集したフィルムに合う完成台本を書き上げると、一週間単位で刻まれる時間は矢のように過ぎ去ってせわしさを感じる暇《いとま》さえなかったが、事前に取材相手に会って話を聞くことは、わたしにとって最も大事なルーティーンの一つとなった。

そんなとき、ユンジュに出会った。

ユンジュは保護者が必要な十七歳の高校生だったが、わたしに出会う前から半地下《パンジハ》のワンルームでひとり暮らしをしていた。母親は家を出て、父親は三年ほど前に他界し、妹は行方不明だった。髪の毛で顔の右半分を隠していて、頭を上げて正面からものを見ることはなかった。恵まれない人は世の中に大勢いる。それでもユンジュへの思いが、ほかの出演者へのそれとは少し違っていることに自分でも気づいていた。彼女に心を寄せるようになったのはなぜだろう。最初から彼女に過度な関心を抱いたことが、わたしの犯した罪なのだろうか。

言うまでもなく、欲張ったのはわたしだった。

手術日が近づくとロケも再開したが、わたしはユンジュの回の放送日を秋の大型連休の週に変更することを心の中で密《ひそ》かに決めていた。秋の連休なら平日よりは視聴率が上がるはずで、放送日当日は連休の特別ドラマが入るため、通常とは違って視聴率の高いバラエティ番組の放送直後となる午後十一時からに編成されていた。夜十一時なら午前零時よりも有利で、家族が集まる連休日となれば自動音声応答システムによる寄付も増えるだろうと考えていた。ユンジュには訊かずに、ジェイと担当医にこのことを相談し、彼らもまた同意した。手術日は三か月後に延びた。

そのまま、すべてが思いどおりに、問題なく進んでいくものと思っていた。

「手術にあたって組織検査用に腫瘍の一部を検査したのですが、予想外の結果が出ました。もちろん、以前の検査に誤りがあった可能性もなくはないのですが、腫瘍が悪性に変わっています。神経線維腫ではなく、がんの腫瘍でした。こんなに早く悪性に変わるケースはめったにないのですが……、残念です」

数段階に分けて行なわれる大手術のため、どれほど時間がかかるかわからないと言っていた担当医が、手術室に入ってわずか四時間後に姿を見せてそう告げたとき、わたしはこの世に神様はいるのかと自問するしかなかった。ジェイは、急いで立ち去ろうとする医師をつかまえてあれこれ問いただし、術後のユンジュをカメラに収めるために待機していたスタッフは虚脱感で眉《まゆ》をひそめたが、わたしは何ひとつ言葉が出ず、その場にただ立ち尽くしていた。「二十年以上、医療現場にいますが、このようなケースは初めてです。何と言ったらいいか……。いますぐ腫瘍を取り除くのは不可能です。まずは抗がん剤治療をして転移を抑えてから、いや、転移については今後の検査によって明らかになるでしょうが……」。ジェイにつかまれた五十代の医者は何かをずっと話し続けていたが、わたしの耳にはほとんど入ってこなかった。

神とは、自分と世界を騙しながら生きようとする弱い人間がつくり出した幻想にすぎない。ジェイが以前、そう言ったことがある。小児がんになった娘のために、祈ることしかできない二十代前半の若い母親を取材していたときのことだった。当時のわたしは、大半の人は永遠の命ではなく一瞬一瞬の慰めが欲しくて神を信じるのだと反論した。どんなかたちであれ慰めてくれるのなら、神はそれだけで存在価値があるのだと声を荒《あら》らげた。しかし、わからなくなった。思いもよらなかった担当医の言葉に頭が混乱し、これほどまで不遇な人生をユンジュに与えた神への恨めしさと怒りがこみ上げていた。

ここまでする必要がある？　こんな仕打ちなんてひどい、ひどすぎる……。

その日の夜、病院のトイレの洗面台に水を溜めて顔をひたし、わたしは号泣した。ユンジュはまだ麻酔から覚めていなかった。眠りから覚めた彼女は、頬の腫れ物がなくなった顔ではなく、この世で最も残酷な冗談のような組織検査の結果を知ることになるだろう。そんな彼女が今後耐えていかなければならない苦痛から、できることなら永遠に目をそむけていたかった。

わたしの心を支配していたのは、自責の念だけだった。

ユンジュから、そして三か月という時間を持ちこたえられず悪性に変わった気の短い腫瘍から逃げ出したい、という気持ちが自分の本心かもしれないという疑心。彼女への思いはただの自己満足であって、どこまでも見せかけの憐れみにすぎなかったのかもしれないという受けいれがたい疑心。手術の延期を提案したのはわたし自身だったが、それはどこまでも善意による決定であって、誰ひとりとして、ましてやユンジュ本人でさえもわたしを責めることはできないという周囲の慰めは、一時的であるがゆえにむなしかった。三か月で神経線維腫が悪性に変わるはずなどなく、それ以前の組織検査に手違いがあっただけで、ユンジュの腫瘍はずっと前から悪性だっただろうという言葉も、自分への疑いを鎮めることはできなかった。わたしをこの地まで導いたのは、ある日偶然読んだ脱北者の言葉ではなく、完全に否定することも目をそむけることもできない、その残酷な自責の念だったのかもしれない。

チェックインの時刻にチェックアウトし、払い戻しを求めることなくスーツケースを引いてホステルを去るわたしを、フロントのショートヘアのスタッフがぽかんと眺めていた。

パクが貸してくれたマンションに着くと、スーツケースを玄関前に置き、そのままリビングの窓辺にある机に向かった。バッグからギワンの日記を取り出し、今度こそ、行間の意味や言葉と言葉の間の余白まで読み取ろうと決意する。安易に憐れみを抱かぬよう、テキストの外側でうろつくのではなく、テキストの内側まで沈潜するように入り込み、自分を打ちのめすような苦しみと混ざり合った本当の意味での憐れみを感じ取るために。わたしは、ジェイだけでなく自分も間違っていたということを、ほかの誰でもない自分自身に認めてもらいたいのだ。

二〇一〇年十二月十日　金曜日

一日中、リビングの窓辺にある大きな木製の机に向かい、ギワンの日記を読み込む。すでに何度読んだかわからない。夜になり、ようやく日記を閉じてノートPCの電源を入れ、ダウンロードしておいた音楽ファイルを開く。一曲目は、ラフマニノフの〈ヴォカリーズ〉で、二曲目はボブ・ディランの〈ノッキン・オン・ヘブンズ・ドア〉だ。

ミュージックトラックが三回ほどリピートしたとき、冷蔵庫からビールを取り出す。チェコビールのピルスナーだ。熱燗《あつかん》と並んでジェイが最も好んでいたアルコール。彼のマンションのリビングでジャズやブルースを聞きながら、ピルスナーや熱燗を飲む雨降る夕暮れをわたしは愛していた。残りの人生に悲劇的な苦しみしかなかったとしても、たまに彼とビールや日本酒を愉《たの》しむ穏やかな夕暮れがあるのなら、喜んでその苦しみを受けいれて生きていけると思ったこともある。

ユンジュの病室の前でわたしを動揺させたジェイの言葉が、またしても頭の中でひとりでに再生される。

改めてその言葉の重さが胸にのしかかる。憐れみに対する彼の考えが間違っていたのだと自分を説得できても、彼を恋しく思う心まではコントロールできない。そんなことなど、できやしないのだ。五年間、わたしたちはほぼ完璧なビジネスパートナーだったし、プライベートでも誰よりも親密な間柄だった。けれども、ジェイとわたしは互いの感情を確かめ合うシーンの台本など、書いたことも演出したこともなかった。偽りのない心というものにひどく神経質だった二人は、言葉が責任を取れる範囲も変わりうるものであり、それは思っているよりずっと狭いものだと考えていた。感情的な次元の真実とは、一瞬で生まれるのではなく、時間や思い出を捧げることで少しずつかたちを成していく、共有された約束である。流れる時間と、その時間がゆっくり積み上げてきた具体的な出来事も必要だ。愛という言葉がそのすべてを包み込めるとは信じていなかったし、今日から恋人になろうという宣言なんて大人げないと思っていた。長い年月をともにすることで感じられる互いへの信頼感、この人だという安堵感、一つひとつ言葉にしなくても自然に分かち合える仕事と日常、そういうものだけでわたしは十分だった。

だけど……。

わたしはわかっていなかった。

五年間、毎日のように顔を合わせてともに仕事をしてきたのに、彼が、彼の素顔が、どうしてもわからない。よく知っていると思っていた時間も、またたく間に過ぎてしまった。いまつかむことのできる彼のイメージはこんなものだけだ。毛玉のついた白いタートルネックのニット、いつも少し曇っていた黒縁の眼鏡、上ボタンがいまにも外れそうで周囲をはらはらさせていたシャツ、縫い目がほつれたカーキ色のスウェードのスニーカー……。

つまり、はっきり言えるのはただひとつ、愛の告白のシーンを台本に書いたことも演出したこともない二人に、その感情や時間を証明できるフィルムはもうない、ということだ。わたしたちはずっと後になって、乾ききった二人のむなしい物語に、そんな決定的なシーンを入れられなかったことを深く悔やむことになるかもしれない。二人があまりにも臆病だったことを。そして、愛を告白するにも言葉の限界を恐れて、永遠を信じない悲観的な世界観と閉鎖的な自意識で追究しようとしていたのは、相手に対する気遣いではなく、相手の弱さから目をそらそうとする利己心ゆえだったことを、いたたまれない気持ちで思い出すことになるだろう。うわべだけの苦しみが真実を回避することもあるように、二人がともに過ごした時間もフィクションにすぎないのかもしれない。まるで編集されたフィルムのように。

最もつらいのは、すべてがひとえにわたしたちの選択によるものだったという事実だ。

ミュージックトラックは、リピートして七周目になる。三本目のピルスナーもあっという間に空になった。アルコールから遠ざかっていた体を倦怠感が襲う。ソファに横になろうかと思ったが、机に戻ってギワンの日記を再び開く。栞《しおり》を挟んでおいたページがひとりでに開いて、かすかな光がわたしの顔を照らす。そのページに映し出されているのは、もの寂しいホステルのあのベッドに腰かけ、指を唾で湿らせながらお金を数えるギワンの後ろ姿だ。ベッド脇のスタンドからもれるひと筋の明かりが彼の影を長く伸ばしている。揺れるそのシルエットが、こっちへ来いと、こっちへ来てありのままを読み取ってほしいと、まるでわたしに手で合図を送っているようだ。わたしはその明かりを頼りに、こちらに背を向けた彼の焦りと不安を、一行ごとに指でなぞりながら再び読み深めていく。

＊

夜遅くにグッドスリープの三〇八号室に戻ると、ギワンはドアに鍵をかけ、電気を消し、カーテンを閉めた。部屋の暗さに目が慣れると、あたりがゆっくり浮かび上がってくる。ベッド脇の小さなスタンドをつけた後も、彼は何度も大きく目をしばたたかせた。視界が完全に開けると、ようやく彼は懐《ふところ》から慎重にお金を取り出した。シャワーを浴びるとき以外は肌身離さず持っている、防水布で幾重にも包まれた全財産。それは、母と引き換えに手に入れた命よりも大切なお金であり、握るたびに指先よりも心臓の奥のほうが先にうずいてくる、彼だけのお金であった。

防水布に包まれてはいたが、長時間懐に入っていた紙幣はくしゃくしゃになり、コインからは生臭い鉄のにおいが漂っていたことだろう。ギワンは熱心にお金を数えた。コインの一枚一枚まで何度も数えたが、所持金はいつも前日より少しずつ減っていて、どこで使ってしまったのかと考え込んだ。世界各地からやって来たバックパッカーが夜通し酒を飲んだり歌を口ずさんだりしながら部屋を行き来する音を空耳だと自分に言い聞かせ、空腹は十分に耐えられる小さな痛みのようなものだとマインドコントロールしながら、与えられた時間とその時間を保障してくれる数枚の紙幣だけを沈鬱な面持ちで見つめていた。韓国大使館に行かなければならない日が刻一刻と近づいていることはわかっていたが、あと一日、あと一日と引き延ばしていた。彼は、韓国大使館がすべてを解決してくれる可能性は低いかもしれないと、うすうす感づいていたようだ。誰が彼にそれを教えたのか。ほかの脱北者だろうか、あるいは朝鮮族のブローカーだろうか。ひょっとすると、ヨーロッパ諸国は福祉国家だから、不法入国者であっても受け入れてもらえる楽園のようなところだと言いながら、ヨーロッパ行きをそそのかした延吉《ヨンギル》の韓国人宣教師たちかもしれない。しかし、それが誰だったのかは重要ではない。重要なのは、韓国大使館に多くを期待しすぎるな、という何者かによる冷ややかな言葉そのものだ。いや、黙ってその言葉を聞きながら心をすり減らしていた、異邦人ギワンの姿だ。行動に移す前から最後の砦にも限界を作らせ、もの寂しいホステルに彼を十日もの間留まらせたその人の軽率な助言を、わたしは許すことができない。それは、人の苦しみを分かち合うこともできず、共感する資格もない、身勝手で目先のことにとらわれた理不尽な暴力である。

心の明かりを灯す。

ギワンはしばらくベッドに腰かけて虚空を見つめ、もう一度、紙幣とコインを集めて防水布でしっかり包む。お金を防水布で隙間なく包むのは、彼の昔からの習慣だった。日記帳に流れ込んでくる、三〇八号室を照らすスタンドの明かり。その中で丁寧にお金を包む彼の後ろ姿をわたしはじっと見つめる。瞬間的にわたしは悟った。面識のない彼が、いつの間にか自分の人生で消えることのない一つの空間を占めているということを。はじめの想定とは違って、自分が彼にあまりにも深く入り込んでいるということを。もはやイニシャルLは、わたしを新しい世界へと導く暗号ではない。むしろ、わたしが自分の人生とより深く向き合えるよう導いてくれる、魔法の呪文のようなものになっている。

何度もよみがえったあの光景がオーバーラップする。

〝腫瘍が悪性に変わってしまった。残念なことだ〟

麻酔から覚めたとき、患者用の鉄製ベッドに横になっていたユンジュは、激しい痛みと朦朧《もうろう》とした意識に耐えながら、その言葉を聞いたに違いない。冷たくも熱くもない、医学的で事務的な言葉を。ほかの治療法もなく、変わることもない現実そのものを。そのとき、彼女はひとりだった。わたしは病院のトイレから出ることができず、ジェイはトイレの前で不安そうにうろついていて、ほかのスタッフは撮影を取りやめて病院を後にしていた。

担当医が病室を出ると、ユンジュは窓に目を向けたことだろう。どこまでも真っ暗で不安な気持ちを抱えながらひとりぼっちになった彼女を、せめて心の中だけでもずっと見守ってやりたい。彼女が目を覚ましたと聞いて病室に駆けつけたとき、淡々とした乾いた声で「ひとりにしてもらえますか?」と言われた場面はカットして。そのまま病室を出た愚かな自分の行動まで、できることならすべてを消してしまいたい。わたしが病室のドアを閉めて出ていった瞬間、彼女はまたひとりぼっちになった。

その後もわたしは、ずっと逃げてばかりいた。

自責の念が少しずつ心を蝕むようになり、わたしには逃げられる場所が必要だった。自分のせいで取り返しのつかない状況に陥ってしまった十七歳の少女のそばで、ため息と涙で感情を使い果たしてしまう不遇な役目は引き受けたくなかったし、その役に隠れて平然とした顔で自分を正当化するような人間になりたくもなかった。家族も、会いに来てくれる友人や親戚もいない彼女がひとりで泣いているのを知っていながら、病室に向かう回数は日ごとに減っていった。

彼女が一番つらかった時間、すなわち自虐的なひとりごとを繰り返す自分に彼女が恐れを抱いたときも、わたしはただ逃げていた。そのとき彼女は、腰を痛めて長期間自宅で療養し、回復してからも働こうとせず酒に溺れて暴力をふるい、三年ほど前にこの世を去った父親のことを思い出していたに違いない。殺意の寸前まで憎んだという父親に似てしまった自分の姿に気づいたとき、彼女は自死への欲求に耐えなければならなかったのかもしれない。一度でいいから彼女を抱きしめて、思う存分涙を流せる時間を作ってやるべきだった。病室のドアの隙間から自虐的なひとりごとをつぶやく彼女の姿を見ては慌てて背を向けてしまった自分の行動こそ、疑いの余地もない最悪の暴力だったということを、わたしは直視すべきだった。

それなのに……。

ユンジュはいつもひとりだった。

医師や看護師がドアを閉めて出ていくと、目の前の怪物との絶望的な闘いが彼女を待っていたのだ。

二〇一〇年十二月十二日　日曜日

朝から雨が降っている。気温が下がって雨は雪へと変わりそうだったが、そのうちみぞれのようになる。雪でも雨でもない、名づけることのできない半液体状のものが、ブリュッセルの街全体をしっとりと湿らせている。傘を差していても、風に吹かれた雨粒で冬のコートがたちまち濡れる。テイクアウト専門のコーヒーショップで買ったアメリカンコーヒーの温もりを片手で感じつつ、わたしは再び歩き始めた。

待ち合わせ場所に着くと、レストランの屋外のパラソルでコーヒーを飲みながらたばこを吸っているパクの姿が目に入る。地下鉄のドゥ・ブルケール駅の近くだ。携帯電話で時刻を確かめると、待ち合わせの時間より十分ほど早かった。彼はいつからここに座っているのだろう。

二日前の夜、わたしは冷蔵庫にあったピルスナーをすべて飲んで、少し酒に酔っていた。携帯電話の画面を何度開いても番号を押せずにいたとき、どうしてパクのことが思い浮かんだのか自分でもよくわからない。この街で会えるのは記者とパクしかおらず、仕事でいそがしい記者に連絡するのは申し訳なかったからかもしれない。いや、違う。わたしは携帯電話を手にしたときから、パクに連絡するつもりでいたのだ。

「ちょうど雨がやんだところだ」

大きな足取りでパラソルに近づくと、パクがそうつぶやいた。そう言えば、街中で傘を差している人はほとんどいない。傘を畳んでバッグに入れる。少し歩こうか、という声にわたしはうなずき、立ち上がろうとする彼に手を差し出す。彼は軽くその手を退けると、自力で立ち上がって前を行く。最初に会ったときのように、わたしたちは言葉を交わすことなくひたすら歩き続けた。しばらくして、いま歩いている通りの名前を訊くと、オー・ブール通りだと教えてくれる。

「ブールとはフランス語でバターという意味でね。調べてみると、この国には案外面白い名前の通りが多いんだ。この近くだけでも、チーズ通りやハーブ通りがあるんだから」

パクの話が面白くて、わたしは思わず頬を緩めた。

ギワンの日記のほぼすべてのページに、多くの街路名がアルファベットで記されていた。新しい通りに出くわすたびに彼は足を止めて標示板を見上げ、紙切れやマクドナルドのレシートなどにメモしておいた。ラヴォワール通り、フォルジュ通り、ブッシェ通り、ロング・ヴィ通り、クロッシェ通り、ボア通り、ピエール通り、シャルボン通り……。彼は、ヌーヴ通りから南へ曲がってフォセ・オー・ルー通りに入り、アレンベル通りで右に曲がるルートが好きだった。もちろん、毎回そうしていたわけではない。ある日は、アレンベル通りではなく、エキュイエ通りに抜けてそのままブリュッセル南駅まで歩くこともあったし、またある日は、彼が初めてこの街に足を踏み入れた場所である北駅まで行ってデュポン通りに入り、そのあたりを歩き回ることもあった。街路名を記録しておくことも彼にとっては重要な日課だったため、夕方にホステルに戻って所持金を数え終えると、メモしておいたその名を市内地図と照らし合わせながら一つずつ日記に書き込んだ。母国名の英語表記以外にアルファベットを書いたことはほぼなかったはずなのに、日記に書かれたその文字は整っていた。きっと絵を描くように、一文字ずつゆっくりと丁寧に書き記したに違いない。できるだけ自分が歩いた順に通りの名前を記録しておきたかったと、日記のどこかに書かれていた。

　彼がそれほどまで熱心に街路名を記録した理由は何だったのか。単に道に迷わないためだけではなかったはずだ。それこそが、ブリュッセルで生きていたことを示す唯一の証拠になると考えていたのだろうか。そうかもしれない。彼は、この街で誰かと軽いあいさつを交わしたことさえなかった。小柄な東洋人の男は人目を引いたが、彼がブリュッセルに来た経緯を知りたがったり、彼と話したがる人はいなかった。意味を失った彼の国籍や不自由なく話せる母語、彼がこれまで経験してきたことすべてを、この街は徹底的に無視した。街を歩いているとき、彼は自分の両方の腕と足をぼんやり眺めたことがあっただろう。うっすらと街を映し出すショーウインドーの前でふと足を止めたこともあったかもしれない。まるで足底に家路が刻まれているかのように歩いていく人びと、耳が痛くなるような音を響かせて走り去る救急車、秘められた伝言をくわえて飛び立っていくかのような数羽のハト、目的地と生きる理由のある存在、そして、その上に重なって見えるかすかな自分のシルエット、それはまるで幽霊のよう……。

ギワンが最もよく訪れたのは、ブリュッセルの中心街で観光地でもあるグラン・プラスだった。いや、南北どちらに向かっても結局はグラン・プラスへ続く道を選び、夕暮れ時になるとそこを通ってホステルに戻った。ヌーヴ通りが豊かな資本主義で彼を驚かせたなら、グラン・プラスをはじめとする中心街は、歴史と趣《おもむき》を感じさせる建築物で彼を圧倒した。古風な建物の外観、柱や屋根の下に刻まれた精巧で神秘的な彫刻、誰かがにっこりほほえみながら手を振ってくれそうな美しいテラス。暗やみに包まれると、街全体にぽつぽつと明かりが灯った。そんなとき彼は、昼間に眠り込んでいた大小さまざまな蛾《が》が、ようやく背を光らせて飛び回っているかのように思えたのだった。彼にとって美しくない建物などなかった。しかし、見知らぬ世界のまどろみのようなその場所は、異邦人であるギワンの瞳の中で長く輝き続けることはなかった。寒さと空腹のせいだった。それを忘れるためにも、彼はひたすら歩くしかなかった。とくに寒さは手足の指先に容赦なく襲いかかり、彼を絶えず打ちのめした。どうしても耐えられないときは、どこでも構わず店に入り、客のふりをしながら商品を眺めては寒さを紛《まぎ》らわせた。彼に声をかけてくる店員は、一人もいなかった。

クリスマスシーズンとなり、オー・ブール通りには簡素な丸太造りの小さな店がずらりと並び、ドアを開け放っている。店は白い綿と赤の豆電球で飾られていて、妖精の住処《すみか》であるかのように可愛らしい。パスタ、バーベキュー、パンケーキ、ソーセージ、サンドウィッチ、ホットワインなどを売っているそれらの店の周りは、立ったまま飲食している人びとで賑わっている。空腹かとパクが訊いてくる。お腹は減っていないが、街中で立食するのも面白そうだと、わたしはわざといたずらっぽく答える。わたしたちはパンケーキ店の前に行って、五ユーロのチーズパンケーキを二つ注文する。プラスチックのフォークでパンケーキを食べていると、不意にパクと目が合う。白髪交じりの髪にも、分厚い眼鏡のレンズとグレーのトレンチコートにも、白い雪が積もっている。いつの間にか、また雪が降り始めたようだ。パクに向かってほほえむと、レンズの向こうに静かに隠れていた二つの瞳が大きくまばたきをする。

三年前のいまごろ、ギワンもここを歩いていた。韓国大使館に行く前のことだった。一縷《いちる》の希望を抱きつつも、決して期待はしないよう苦心していた、暗澹《あんたん》たる長い十日間。その間彼は、レストランやバーよりも値段が手頃なこの場所で何度か食事をとった。食べたのはパスタだろうか、ソーセージだろうか。彼はその食べ物の名前を知っていたのだろうか。屋外で何かを注文して食べるのは、彼にとって珍しいことだっただろう。パンケーキを食べる手を止めたわたしは、立ち並ぶレストランの前でメニュー表を穴が空くほど見つめていたであろう彼の表情を思い描いてみる。そして、一度もレストランの店内に入ることのなかった、とてつもない忍耐力も。店の前をうろつく彼に、中に入るよう手招きする店員はいなかった。

パクとわたしはホットワインを一杯ずつ飲む。冬のヨーロッパでは、コーヒーと同じくらいホットワインも好まれているのだとパクが教えてくれる。一度煮立てたせいか甘さはなく、思ったより味が濃厚だ。ワイン一杯でたちまち顔が赤らむと、今度はパクが声を出さずに頬を緩める。気まずい社会的な距離感や過度な自意識を抱くことなく人と接するのは、久しぶりだった。パクも同じように感じていたのだろうか。ワインを飲み終えてまた歩きだしたとき、彼はやっと聞こえるほどの声でつぶやいた。

「穏やかだ」

*

わたしたちはいつの間にかブルス駅を過ぎていた。このあたりは、ギワンがこの都市で初めてデモの現場を見た場所だ。ブルス駅からブリュッセル南駅へ続く大通りを歩いていた彼は、どこからか突如として現われた大勢の人びとの声や音楽を聞くなり足を止めた。

二〇〇七年十二月十一日火曜日、午後二時頃のことだった。インターネットで調べてみたが、その当時、似たような小規模デモが連日行なわれていたのか、この日に起こったデモに関する記事は見つからなかった。ただ、この年の冬にトルコの欧州連合加盟に反対する反トルコデモと、政府の労働政策を批判する労働者連合のデモがベルギー全域で散発的に起こっていたという記事があったので、彼が目撃したデモもその一つだった可能性が高い。

グリーンのシャツにジーンズを穿《は》いた人びとが、色とりどりの風船を持って街中を行進していて、先頭を行くワゴン車からは軽快な音楽が流れていた。デモはまるでお祭りのような陽気さで、誰かが暴力をふるうことも、怒声が行き交うこともなかった。踊っている人もいたし、熱く抱きしめ合ったり口づけを交わしている恋人たちまでいた。これが本当にデモなのか、それともお祭りなのか、ギワンはわからなくなった。しかし、先頭から拡声器で叫ぶ声が聞こえると、後ろに続く人びとも同じ言葉を叫び、数人の男たちは文字が原色で書かれたプラカードや旗を持って行進していた。それだけでなく、警察官は歩道に立って無線機で交信したり、X字の蛍光ベルトを着けて慌ただしく交通整理をしていた。ギワンは、そんなふうに一般市民が政府に反対意見を示せることに驚いた。愉快で陽気な音楽に合わせて歌って踊り、口づけを交わしながら、政府の政策を批判できるということに。

あの場所は、本当に地獄だったのだろうか。

彼は立ち止まったまま、行進を続けるデモ隊を目で追いながら、いつか延吉《ヨンギル》の韓国系教会で聞いた牧師の説教を思い出していた。

彼の母は、延吉にある韓国系教会に熱心に通っていた。教会が唱える救いを心から信じていたというよりは、母国を失った不安から何かに頼りたかったのだろう。そこで出会った韓国人宣教師たちは概して親切だった。しかし、それだけだった。韓国へ行って本当の自由を見つけなさいという彼らの言葉は甘くて眩《まぶ》しかったが、具体的に何かを約束してくれることはなかった。韓国各地の教会を訪問して、できるだけ悲劇的に北の現実を語るとともに、イエス・キリストを信仰するようになった背景を告白してくれれば生活は保障すると言いつつも、ギワンが勇気を出して彼らに近づくと、後ずさりしながら同じ言葉を繰り返すばかりだった。

彼は母の押しに負けて何度か礼拝に行ったことはあったが、定期的に教会に通うことはなかったし、むしろそこで出会った人びとに敵意すら抱いていた。彼は神を信じていなかったし、飢え死にする者をただ傍観しているだけの無力な神ならば、なおさら信じたくなかった。教会との縁を切ったのは、北は生き地獄であるため、迷える子羊たちを一日も早く救わなくてはならないという礼拝中の牧師の説教を聞いたからだった。彼は、母国の貧しさはわかっていたが、地獄だと考えたことは一度もなかった。地獄とはいったい何なのか。彼は知りたかった。貧困が地獄なら、資本主義にも地獄はある。そこに違いがあるなら、資本主義国家は一部の者だけがその地獄を味わうが、自分の母国ではあまりにも多くの人が差し迫るような地獄を体系的に抱えて生きていかなければならないだけ、それだけだ、と彼は思った。国家が豊かで、国民に何不自由なく与えられる状況なら、喜んで施してくれたに違いない、そう信じていた。国民に分け与える準備が整っていなかっただけの母国を生き地獄と決めつけ、与えられるものがあるのに与えるべきときには躊躇して逃げてゆく者たちを、彼は軽蔑していた。

しかしその日、自由にデモを行なうブリュッセルの群衆を見つめながら、彼は自分の信念にわずかな亀裂が入ったことを認めざるをえなかった。彼にとって、母国は貧しくとも善良な共同体だったが、異を唱える者には見るに堪《た》えないほど冷酷だったのも事実だった。

抵抗について学ぶ機会のなかった大半の者にとって、貧しさとは当たり前で抗《あらが》いようのない条件であり、体制の欠陥や指導者の責任にまで考えが及ぶことはほとんどなかった。しかしそれは、処罰への恐怖心だけが理由ではなかった。情報自体が限られ、他の国と比べながら自国の問題に考えを巡らせる機会が少なかったし、何よりも日々食べていく問題が切実だったため、そのことにまで目を向ける余裕がなかったのだ。彼が暮らしていた世仙里《セソルリ》にも、貧困という光景は同じように存在していた。村の近くにある山の木々は表皮が剝《は》がれ落ち、そんな木々でさえ燃料用に次々と伐採され、食べられる野草は生えたそばから抜かれていった。家にある生活用品を市場に出し、いつまでも客を待ち続ける人の姿もありふれた光景だった。しかし、街中で反国家的なスローガンを叫んだり、人びとを煽るような者はいなかった。人びとはただ、滞りなく適量の配給を受け取り、学校にはつねに学用品が揃っていて、伝統的な祭日には新しい服を着ることのできた、ずっと昔のささやかな豊かさが戻ってくることだけを待ちわびていた。その日、ギワンがデモ隊を眺めながら心を痛めたとしたら、それはひとえにその待ち続けた時間に対して誰ひとりとして責任を取らなかったことに怒りがこみ上げたからに違いない。母とともに川を渡って中国へ行ったこと、中国で公安に見つからぬよう、まるで幽閉されたように小部屋で過ごしていたこと、母を失い、そのお金で縁もゆかりもないベルギーという国に来たこと、それらすべてが誰も責任を取らなかったその時間のせいだという冷ややかな怒り。生きるために生きてきただけなのに、故郷を離れて以来ずっと追われ、隠れ続けなければならない犯罪者となり、時には一人の人間として守り通したかったものまで根こそぎ奪われた理不尽な日々を、彼は唇を嚙みしめながら振り返るしかなかっただろう。待つことのほかに何の術《すべ》もない苦しい時間が、多くの人の犠牲という結果をもたらすまで、体制の内部にいる者も外にいる者も、誰もが沈黙していた。彼は、懐かしさだけで故郷を思い出す甘い時間は、自分には今後いっさい訪れないだろうと悟った。

彼は再び歩き始めた。

二十歳の異邦人、ギワンがこの街でできることは、それだけだった。三年前の十二月十一日、その日も今日のように、雨と雪が入り混じる冷え込んだ一日だったのだろうか。

*

「あれは、堕胎と安楽死に反対するデモだ。おそらくカトリックの信者だろう」

ブリュッセル南駅の前では、数人がテーブルの前に立ち、ギターを弾きながら歌っている。道行く人にビラを配り、堕胎と安楽死への反対署名を集めている人もいる。パクが足を止めた。わたしもその隣で彼らの姿を静かに眺める。「無意味なことを」。ひとりごとのようにつぶやいたパクの低い声を、わたしは聞き逃さなかった。

「堕胎や安楽死に反対では？　カトリック教会に通っていらっしゃると聞いたので」

「あの記者から聞いたのかい？」

「ええ、少し」

「堕胎についてはわからない。経験したことがないからね」

「堕胎も安楽死も、きっと反対するしかない理由があるんでしょう」

「安楽死について何か知っているような物言いだ」

「え?」

思いがけないパクの攻撃的な口調に、わたしはびくりとする。安楽死にことさら過剰に反応する彼の態度がどこから来ているのか、わたしには知るよしもなかった。

「この機会に質問しよう。安楽死についての考えを聞かせてほしい」

「えっと……」

言葉が出てこない。ベルギーでは、スイスやオランダのように安楽死を選ぶ権利を法律で保障しているという話は聞いたことがある。しかし、うわさでしか聞いたことがなく、自分との接点がない制度上の象徴的な概念だったので、深く考えたことは一度もなかった。

「一年前だっただろうか。偶然見かけた韓国のニュースで、植物人間になった患者の人工呼吸器を外すか否かが大きな問題になっていた。だが、あそこにいる彼らが反対しているのは、そういう尊厳死じゃない。他者によるサポートによって、つまり、医者から処方された薬物を投与して死を早まらせる安楽死に反対しているんだよ」

「そういうご経験が?」

「経験?」

そう訊き返しながら、パクが鋭い視線をこちらに向けた。彼がひどく神経質になっているのが伝わってくる。むやみに踏み込んではならない、相手の隠れた弱い部分に触れてしまったような気がする。

やがて、彼が口を開いた。

「たしかにそういう患者がいたよ。フランスの病院で働いていたとき、二十四歳の健康な青年が交通事故に遭って、首より下が麻痺《まひ》した状態で運ばれてきたんだ。昏睡状態から目を覚まして自分の絶望的な状態を知ると、彼はすぐに薬を求めてきた。当然、だめだと伝えたさ。フランスでは安楽死は違法行為だったし、全身麻痺は患者にとっては悲痛だが、安楽死の条件となる生命を脅かす病気だとは言えないからね。それから三年後、記憶から消えていたその患者を新聞で見つけたよ。車に火をつけて死んだそうだ。もちろん自殺だった。そのときの彼の体重は四十五キログラムだったらしい。身長が百八十センチメートル以上もあったというのにね。そのとき、自分の中で何かがガタンと音を立てて崩れたよ。わたしはその患者から薬物で楽に死ねる機会を奪い、想像を絶するストレスと死の直前まで続いた耐えがたい苦痛を、三年間ずっと与えていたというわけだ。そのとき初めて、医者という仕事に疑問を抱いたよ」

「……」

「もう一人、忘れられない患者がいる。五年前のことで、肝臓がん末期の患者だった。肝臓は沈黙の臓器と呼ばれていてね。臓器の中で一番大きいのに、ある程度悪化するまでは痛みもないから、異変を感じたときにはもう手遅れなんだ。わたしは誰よりもその患者のことを知っていた。その患者は、きれいに死にたい、そう言っていたよ。その切実な願いをわたしは一番よく理解していたんだ。そう、わたしがあの世に送った。誰にも知られずにね。それからすぐに医者を辞めたが、後悔はしていない」

パクはいま、これまでで最も口数が多い。けれども、すぐにそのすべてを理解して受けとめられるような内容ではなかった。わたしは、さほど興味がなさそうに装いながら、淡々とした口調で訊き返した。

「誰にも知られずに、ですか？」

「そうだ」

不意に後ろ頭がひやりとしたような気がして、わたしはわざと大きく目を見開く。いつの間にか雪はやみ、溶けた雪で道がぬかるんでいる。雪が溶けただけなのに、このぬかるみが疎《うと》ましい。パクという人物の横顔がつかめない。この人は誰なのか。いまわたしは、いったいどんな人物と話しているのか。〝誰にも知られずに〟。パクの言葉を心の中で反芻してみる。彼の行動は、殺人とどこが違うというのか。

「ほかに行きたいところは？」

パクがこちらに視線を向けずに言う。疲れた声だ。どっちみち目的地があったわけではなかった。わたしは口をつぐんだまま、ただじっとその横顔を見つめる。

「帰ってもいいだろうか」

そう言うとパクは眼鏡を外し、右手の親指と人さし指で両側の目頭《めがしら》をぐっと押さえる。「疲れた」。深い疲労がにじんだ声でそうつぶやきながら。わたしは地下鉄の乗り場まで見送ると言ったが、丁重に断られた。ギワンについて訊きたいことがあればいつでも連絡するようにと言い残して、彼は反対方面にある南駅へ足早に向かった。彼は気づいていなかったのだろうか。今日わたしたちが、ギワンの話をしなかったことに。わたしは、ギワンについて話を聞きたいという理由で彼に連絡したわけではなかった。

パクと別れてひとり残り、南駅の周りをもう少し歩いてみる。南駅は、スリや物乞いが多いことで悪名高い。そのためか、この近くにはバッグを狙う若い男やコインをねだるジプシーがあちこちにいる。スラングに違いない言葉で、まるで暗号を使っているような会話を交わしながら薄ら笑いを浮かべる十代の若者たち。ヘッドフォンを耳に当てて宙を睨みながら、何かをつぶやいている黒人男性。アルコール中毒者のように目を真っ赤にした若い白人女性。四方から小石や銃弾が飛んでくるかのような不安なまなざしであたりを見回しながら、横断歩道を渡るアラブ人の青年たち。わたしはどこへ向かえばいいのだろう。わからない。次の行き先は、在ベルギー韓国大使館だ。この地に来た以上、行くしかない。頭ではわかっていても、心がためらっている。ギワンのように自分もまた、大使館に行く日をできるだけ延ばそうとしていると思うと、妙な安堵感が生まれる。ひょっとすると、自分は正しい方向へ向かっているのかもしれないという安堵感。この気持ちは、単に彼の足跡を辿っているのではなく、彼の孤独や不安までをも自分のものとして抱えながらこの街をさまよっているという一体感から来ているのだろう。

マンションに戻ることにする。在ベルギー韓国大使館の位置を調べなければならない。

二〇一〇年十二月十四日　火曜日

わたしの脳裏に繰り返し浮かんでくる、最も寂しい場面の一つ。

二十人の東洋人が、ドイツのベルリン空港に集まっている。中国人十八人、脱北者一人、そして彼らを引率してきた中国朝鮮族のブローカー一人だ。服装は一様にみすぼらしく、顔はこわばっていて、労働の痕《あと》が見える荒れた手に大きなカバンを持っている。彼らは、中国の青島《チンタオ》空港を出発して香港を経由し、ベルリンに到着したばかりのボーイング747を降りたところだ。手に汗握りつつ、いまにも飛び出しそうなほどに脈打つ鼓動をかろうじて隠し、互いに目で合図しながら空港の入国審査を無事に通過した。冒険の第一関門が、背後でそっと閉まった。

入国ゲートを通過した彼らは、第二の関門をクリアするため、静かに別れの準備を始めた。ここからは連れ立って行けないことを誰もが知っていたからだ。彼らの脳裏には、それぞれ別の国名が刻まれていた。ドイツ、イギリス、フランス、オランダ、スウェーデン、ノルウェー……。国籍のない者、国籍放棄を望む者、これまで持っていた国籍に希望を見いだせなかった者たちが、行き先を選んだ基準は何だったのか。いったいどんな理由から、残りの人生を左右するその大きな決断を下したのだろう。あるいは、この世で最も侘《わび》しくて密《ひそ》やかな場所に座り込み、順番にサイコロでも振ったのだろうか。

一世一代の決断を下した後の別れは、静かで寂しいものだ。朝鮮族のブローカーは一行を集めて、出国前に配った韓国籍の偽造パスポートを回収し、預かっていた中国のパスポートを返した。ブローカーが中国人たちと、あたりを警戒しながら慣れた手つきでパスポートを交換している間、最初からパスポートがなかったギワンだけは何も返されることなく、ただカバンの取っ手を指先でしきりに触っていた。パスポートの交換が終わり、中国人たちは少しの間、互いの肩を叩き合ったり軽く抱き合うと、せかされるように一人、二人と背を向けて大手を振って空港を出ていく。彼らの行き先が、定着と追放という二つの分かれ道のどちらへ続くのかは誰も知りえなかったが、誰ひとりとして後ろを振り返ることはなかった。上着の内ポケットに入っている査証《ビザ》のない祖国のパスポート、かろうじて数日の寝食がまかなえる程度の現金、ブローカーが手配した列車やバスのチケットなどは何の保障も与えてはくれず、たとえあったとしても一時的なものにすぎないことには努めて気づかないふりをして。残されたのは、ただひとりの北朝鮮出身者であるギワンだけだった。

ギワンは数歩離れたところから、そそくさと別れていく中国人たちの姿を見つめていた。中国を発つ前、彼自身も目的地を決めていたものの、それは最善の選択を知らなかったゆえの次善の策にすぎなかった。それまでの彼は、ドイツ、イギリス、フランス、オランダ、スウェーデン、ノルウェーなどのヨーロッパ諸国の国名がきちんと区別できなかった。それらの国々の正確な位置も知らなかったし、遠い親戚の一人ですらそこに住んでいなかった。中国人たちがどこへ向かうのか、彼らが信じるひと握りの希望が何なのか、彼は知りたかった。誰かが振り向いて手を差し伸べながら「一緒に行こう」と言ったなら、相手や行き先にかかわらず、一瞬のためらいもなくついて行ったことだろう。彼は、一行が散らばった場所から動けないまま、怖じ気づいた顔で心もとなくあたりを見回していた。ベルリン空港は、大半の空港と同じように、どこかへ向かう人とどこかから帰ってきた人でひしめき合っていた。彼は行く当てもなく、帰る場所も失っていた。

「ベルギーへ行きなさい」

いつの間にか目の前に現われたブローカーが低い声で言った。いつものように一行を送り終えると、予約しておいたホテルで休み、胸をなでおろしながら翌日の中国行きの飛行機に乗る予定だったブローカーは、何を考えたのか、足を止めてギワンのほうに近づいてきた。ブローカーにとって、こんなことは初めてだったに違いない。「ベルギー？」ギワンが訊き返すと、ベルギーは国土は広くないが国際機関が多いため、無理やり捕まえることはないだろうし、社会福祉が充実しているから難民申請も難しくないだろうと話した。ベルギーはギワンが考えていた目的地ではなかったが、ブローカーの話を聞いた彼は緊張した面持ちでうなずいた。ブローカーはその場でガイドブックを取り出し、在ベルギー韓国大使館の所在地をメモした。そのメモを食い入るように見つめたギワンの表情は、このうえなく真剣だったに違いない。ブローカーは、バスは国境越えの際にパスポートのチェックを省く場合が多いと言いながら、空港近くにあるユーロラインズの窓口でブリュッセル行きのバスチケットを買ってくれた。ブリュッセルがベルギーの首都であることと、ベルギーでは主にフランス語とオランダ語が使われていることも丁寧に説明したはずだ。ギワンが何度もお辞儀をすると、ブローカーは淡々とした口調でこう言った。

「生き残るんだ」

そして続けた。

「生きていれば、いつかまた会えるだろう」

その言葉を聞いた瞬間、ギワンは改めて気を引き締めた。生き残ること、それは延吉《ヨンギル》を離れるときに心に刻んだ唯一の生きる理由であり、母からの無言の遺言でもあった。向こうに着いたら使いみちがあるはずだと数枚のコインを手渡してくれたブローカーは、しばらく黙り込むと、カバンからパスポートを取り出してギワンの手に握らせた。少し前に回収した、韓国籍のパスポートだった。

「偽物でも、役に立つかもしれない」

そのとき、ブローカーと向き合っていたギワンの目頭《めがしら》が熱くなったに違いない。ギワンの肩に手を置いたブローカーは、ギワンが在ベルギー韓国大使館の所在地が書かれた紙を内ポケットにしまって周囲をうかがったときには、すでに人波にまぎれて消えていた。

ブローカーまでいなくなると、ギワンはすぐにはバス乗り場に向かわず、空港の前で長い間立ち尽くしていた。そのとき、この宇宙全体で覚醒し、目を見開いているのは彼だけだった。バスのチケットを隅々まで確かめたが、定着や追放を暗示するようなサインはなかった。生き残ること、それはギワンの力ではどうすることもできないことだった。彼は、行き交う人びとを避けることもなく呆然と立ち尽くし、時差の疲れで閉じようとする重いまぶたを痛くなるほど何度も強くこすった。「べ、ル、ギー、ブ、リュッ、セ、ル、べ、ル、ギー、ブ、リュッ、セ、ル……」。決して忘れまいと誓うように、これから向かう国とその首都の名をいつまでもつぶやきながら。ベルギーの位置や地理、歴史や宗教などについては、ほとんど何の知識もないままで。そして意を決し、彼は地面に置いていたカバンを持ち上げ、運動靴の紐《ひも》をきつく結び直した。第二の関門が開く場所、ブリュッセル行きユーロラインズのバス乗り場を探さなければならなかった。

その日、空港でギワンの肩をつかんだブローカーの手は、温かかっただろうか。一瞬であっても、彼の心を慰めてくれたのだろうか。しかし、わたしがこれ以上物語を作ることはできない。

想像できるのはここまでだ。

二〇一〇年十二月十五日　水曜日

Chaussée de la Hulpe 175, 1170 Brussels, Belgium
Tel: (32–2)675–5777
地下鉄ルイーズ駅から、エルマン・ドゥブルー方面行きの九十四番に乗り、コクシネル駅で降りること。十六駅目、ルイーズ駅からは三十分。

中国朝鮮族のブローカーが書いたのは、こんなメモだっただろうか。ひょっとすると、行き方の説明はなく、アルファベットで地名だけが書かれていたかもしれないし、電話番号はなかったかもしれない。アルファベットをきちんとマスターしていなかったギワンを、ブローカーがどこまで気遣ってくれたのかはわからない。メモ用紙に使われた紙切れが、たばこの箱だったのか、それとも何かのチケットの裏面だったのか、それさえも不明だ。ギワンが防水布で包まれた現金と同様にいつも大切に持ち歩いていたであろうそのメモ用紙は、わたしの手もとにはない。彼の日記からわかるのは、《明日は大使館に行かなければ》という言葉が繰り返し記されているということ、それだけだ。

クリスマスが近づいて街はいっそう華やかになり、世界各国から来たホステルの宿泊客も、弾《はず》む心を隠せなかっただろう。最後の砦を残した彼は、散歩をしてはメモを取り、残金を数え、ブリュッセルの街路名を書き記し、母への自責の念を鎮めながら十日間を過ごした。韓国大使館が助けてくれるかもしれないという希望と、まったく手を差し伸べてもらえないかもしれないという悲観的な予感が交錯していた。ゆえに彼はその十日間、希望を育む術《すべ》と地の果てまで絶望する術を同時に鍛えなければならなかった。たった一つしかない希望は逼迫していて、未来を約束してくれることのない絶望は恐ろしかった。帽子を目深《まぶか》にかぶり、九十四番の地下鉄に乗り込んだ彼は、車窓から見えるブリュッセルの景色を見据えながら、終始重苦しい表情を浮かべていただろう。

ルイーズ駅に向かうと、プラットホームにはすでに九十四番の列車が止まっている。わたしは全力で駆け寄り、やっとのことで乗り込む。列車が次第に中心街を離れていくと、華やかな資本主義の景色は見る間に姿を消していく。その代わりに、低層住宅と用途不明のみすぼらしい建物、スプレーで落書きされた塀、人気《ひとけ》のない公園が次々に現われる。列車が韓国大使館のあるコクシネル駅に着く頃、日が暮れ始めた。

ギワンの不幸は、どこにも逃げることなく、予定された場所で静かに彼を待っていた。

大使館の職員は、ギワンが北朝鮮出身だという証拠がないため、難民申請をサポートすることはできない、と事務的な口調で言った。日頃から挫折する術を鍛えてきたつもりだったが、職員の冷淡な言葉を目の当たりにした彼は、その瞬間、戸惑うしかなかった。ギワンの母は国境の川を渡る前、自分と息子の身分証をすべて捨てた。国から発行される公的証明書や出生証明書、そして彼の入学証明書のようなものを。切り捨てた国の身分証が必要になる日が来るとはとても考えられなかったし、公安の目に付いて捜索でもされれば、無用の長物であるその書類が身を危険に晒すことになりかねない。母親のその判断は当然だったに違いない。ギワンは切実に、必死になって事情を説明したが、職員たちはしらじらしい嘘だと受け取った。北朝鮮の方言を熟知している中国朝鮮族が国籍を偽り、韓国大使館やベルギーの内務省に連絡してくることは珍しくなかった。一度難民申請が受理されると、一時的な住居と無料で言語を学べる機会が与えられ、運良く難民認定されれば、最低限の生活費が保障されるだけでなく、職業も斡旋《あっせん》してもらえることを熟知しているからだ。

もっとも、大使館の職員たちがギワンに背を向けたのは、彼が朝鮮族かもしれないという理由だけではなかったかもしれない。つまり、彼が本当に北朝鮮出身者だということが証明されたとしても、大使館の職員は、厳密には自国民とはいえない脱北者の問題を引き受けたくなかっただろう。ギワンは、帰らなければならないことはわかっていたが、どうしてもその場を離れることができなかった。男が二人現われて、彼を大使館の外へと押しやった。職員たちは再び机に向かって目の前の仕事に没頭し始め、遠ざかっていく彼を誰ひとりとして不憫《ふびん》な目で見ることはなかった。追い出された彼は、大使館の前でいつまでも立ち尽くしていた。命がけで国境を越え、最愛の人を失い、生きるためだけに見知らぬ国へと流れ着いたここまでの道のり。それが何の意味もなかったことを受けいれなければならない、氷のように冷たい時間。彼は、大使館の階段の下で大きくよろめいた。

執務時間外だったのか、大使館の扉は閉まっていた。もしも扉が開いていて、当時ギワンに応対した職員に運良く会えたとしても、わたしはその人を問いつめることはできない。〝どういったご関係で?〟と訊かれても、答えられることは何もない。〝彼の日記を読んで、その人生について学んでいる者です〟、言えることはせいぜいこれくらいのことだろう。唐突にそんなことを言われても、心情を察してくれる人などいないだろう。客観的に見れば、ギワンとわたしの関係について、理にかなった理解や共感を導けるものは何ひとつないのだ。

ギワンは少し歩いては立ち止まり、また少し歩いてはその場に座り込んだ。幾度も不運を予感してきた男の肩は、絶えずわたしを悲しませてきた。しかし、それはただ、可能性としてのみ存在していた想像上の悲しみにすぎず、それゆえ心の奥深くにまで突き刺さってくるわけではなかった。その予感が現実になったとき、挫折するしかなかった男の後ろ姿はいつしか具体的な悲しみへと変わり、わたしの心に降りかかってくる。やっとのことで体を起こした彼が、急《せ》き立てられるように歩いていく。わたしはまっすぐ彼を追いかけることができない。足もとが何度もふらついてしまう。

人通りの少ない路地に入り、彼は塀に寄りかかったまま身をかがめて慟哭《どうこく》した。いまわたしは路地の端に立ち、むせび泣くその姿を力なく、しかし、全身をこわばらせて食い入るように見つめている。

ユンジュも、あのときひとりで泣いていた。

病室のドアを開けられずにいたわたしは、ユンジュの涙が止まるまで、ひたすら待ち続けていた。思うように相手を慰められない人もいる。慰めた瞬間、静かに消費されていく自分の浅はかな同情心に耐えられないからだ。なにものにも置き換えることのできない感情は、こんなかたちで、一度も会ったことのない他者の人生を通じてよみがえることもある。

ずっと待っていたが、ユンジュの涙はなかなか止まらなかった。わたしが病室の前にいることを知らなかったから泣くことができたのだろう。彼女は、わたしの前で涙を流したことがない。悪性腫瘍と診断された後もそうだ。それこそが、あの子が身につけてきた生きる術なのだ。人前で涙を流せば、相手にいらぬ重荷を与えてしまう、そう考えていたのだろう。最初から彼女に強く惹かれたのも、彼女の姿がたびたび自分と重なって見えたのも、そんな無謀なまでの忍耐強さと自分への冷徹さゆえだったのかもしれない。思春期以降、わたしも人前で泣いたことがない。ジェイに対してもそうだった。フランスのある哲学者は、愛する人の前で泣くことは、自分の苦しみが幻想ではないことを己に証明する行為である、と書いた。その哲学者の命題を愛する人だけでなくすべての人間関係にまで広げるなら、わたしは自分の苦しみが幻想だと知っていたからこそ、他者に涙を見せなかったのかもしれない。涙を流した瞬間の自分の振る舞いと、それに合うようにコントロールされた感情まで十分に見越していたため、自分の悲しみに対しても果たして本物の感情なのかどうか疑うような愚かなことをしたのだろう。本心、本物、真実。ひょっとするとこの世に存在しないかもしれないものを守るために、わたしは、そしてユンジュやジェイも、あまりに多くのものを失ったのかもしれない。

ギワンが寄りかかって涙を流した塀が具体的にどのあたりだったのか、わたしにはわからない。よろめきながらも止まることなく歩き続けたが、彼の幻影は感じられない。やがて不意に力が抜けて、するすると座り込んでしまった。泣きたい。そんな感情だけが頭に浮かぶ。家族や同僚のいないこの見知らぬ地で、異邦人の仮面をかぶったまま、誰かに温かく慰められることもなく、自分の心の深淵《しんえん》をいつまでも静かに見つめていたい。

＊

ギワンにとっての大使館のように、わたしにとってはユンジュが希望と絶望の入り交じった存在だった。けれど、わたしが彼女に託した希望がどんなもので、予感していた絶望が何だったのか、はっきり区別することができない。彼女がいつか許してくれるだろうという願いと、最後まで許すことはないだろうという予感が、それぞれどのように希望と絶望につながっていくのか、許してもらうことで心の負担を減らしたいという気持ちと、簡単に許しを受けてはならないという自戒のうち、どちらをより切実に求めていたのか、考えを巡らせるほどにわからなくなる。

わたしは、出国日になってようやくユンジュの携帯電話に電話をかけた。

彼女が電話に出るとは思っていなかった。

そればかりか、いまどこにいるのかと彼女が先に訊いてきた。おそらく、わたしが仕事を辞めてしばらく韓国を離れることをジェイから聞いていたのだろう。行き先も知っていたかもしれないが、わたしはブリュッセルのことを少し説明し、もうすぐ空港に向かう予定だが、夜のフライトなので時間に余裕があることを一方的に伝えた。車いすで病院の玄関に向かっていたユンジュは、一瞬かすかに眉《まゆ》をひそめた。抗がん剤治療が始まって以来、彼女がときどき使うようになったその車いすは、医療用の補助器具というよりは、体を縛って拷問しているように見えた。わたしは、彼女が一階のロビーで車いすに乗っている姿を二階の欄干から見つめながら淡々と言った。

「少し会わない？」

その瞬間、ユンジュは平常心を失ったような面持ちで、車いすを動かす手を止めた。

「会ってほしいの」

勇気を出してもう一度訊いた。嘘をつくとき、彼女はいつもひと呼吸おく癖があった。

「いま、ちょっといそがしくて」

ひと呼吸おいてから彼女が答えた。

「そう。きっといそがしいだろうと思っていたの」

片手を胸に置き、わたしもひと呼吸おいてから言った。もう話すことはなかったのに、どちらも電話を切ろうとはしなかった。

「あの、いつ戻ってくるのか訊いてもいいですか？」

話題を変えようとしたのか、ユンジュが遠慮気味にそう言った。

帰国日はまだ決まっていないのだと、今度はわたしが三拍ほどおいてから答えた。もうすぐ手術なのにそばにいられなくてごめん、とはどうしても言えなかった。もしもまた、誰も望まない手術の結果を聞くことになれば、今度こそ自分を支えている二つの感情まで失ってしまうかもしれないという言葉も飲み込んだ。手術結果を聞くのが怖くて逃避しているという告白は、当事者であるユンジュには決して言ってはならない残酷な弱さだと知っていたから。短い沈黙の末、ものを書くうえできっといい経験になるはずだと、彼女が淡々と言った。旅に出る元放送作家に向けた、ありきたりで平凡な励ましの言葉だった。帰ってきたら会おうとか連絡してほしいという言葉より、シンプルで味気ない、体温の感じられない言葉。

どちらが先に別れの言葉を切り出したのかは覚えていない。「じゃあね」と言って、自然に電話は切れた。

わたしが期待していたのは、いったい何だったのだろう。

病院を出て空港に向かう途中、自分自身に何度も問いかけた。空港で搭乗開始時刻を待っている間も絶えず問い続けていたその疑問は、いまなおわたしを苦しめている。

「許さなきゃいいんだ」

昔の恋愛話をして少し気まずそうにしていたわたしに、ジェイがそう言ったことがある。二人の行きつけだった、光化門《クァンファムン》にある居酒屋でのことだった。「え?」と訊き返すと、彼はこう続けた。「許すんじゃなくて、ずっと憎めばいい。至って人間らしく、悔しくなるくらいにね。きっとその感情は、その人から君への最後の贈り物なんだよ」。熱燗を飲みながら横目で彼を見つめていたわたしは、少しほほえんだ。いま、相手を変えてその言葉をもう一度受けとめなければならない。もちろんその相手とは、ユンジュに後ろ姿が見えるように病院を立ち去ったあの日の自分だ。これは、己に求めるべき正当な感情である。階段で二階から一階のロビーへ向かうとき、ユンジュがこちらを見ていることが直感でわかった。わたしは振り向かなかった。ただ、足早にロビーを横切り、ガラス扉を力いっぱい押し開けて、冬の日差しが降り注ぐ真昼の街へ飛び出した。

だからわたしは、もう一度考えなければならない。

わたしがユンジュに託した希望は、わたしを許さないという彼女の気持ちだったということを。彼女がわたしに憎しみを抱いているように、わたし自身も傷つき、それと同時に罪悪感から逃れようとしていたことから目をそらしてはならない。そこから目をそらしてしまったら、わたしの人生は悔しいほどに、至って人間らしく永遠に、いつまでもずっと、自分自身を憎み続けることになるのだから。

二〇一〇年十二月十六日　木曜日

グッドスリープに一週間ぶりに姿を現わしたわたしを、ジーンズを穿《は》いた女性スタッフは覚えていた。それもそのはずだ。ルームナンバーまで指定するほど手間を取らせておきながら、宿泊せず、払い戻しも求めずにチェックアウトするなんて、さぞかし奇異な客に見えたことだろう。彼女は、一週間前と同じようにくちゃくちゃとガムを噛みながら、今日も三〇八号室がいいのかと訊いてくる。

「いいえ、今日はドミトリーでお願いします。いくらですか」

十六ユーロだ。この三年で料金が上がっていなければ。

「十八ユーロです」

財布を取り出し、三年前より二ユーロ値上がりした料金でドミトリールームを予約する。今日も彼女は、午後三時までは部屋に入れないと素っ気なく言う。

そのままホステルを出る。時刻は正午だ。ヌーヴ通り二十四番地にある例のマクドナルドでコーヒーを注文し、窓ぎわの席に座ってスティックシュガー二本分をコーヒーに入れる。できるかぎり、明日の朝まで何も食べないつもりだった。空腹に耐えるのに、砂糖ほど効果的なものはないだろう。普段の好みとは違う甘ったるいコーヒーを、少しずつゆっくり飲みながら窓の外を眺めてみる。

在ベルギー韓国大使館で希望を捨てたギワンは、その日からドミトリールームに移った。防水布に包まれた残金は、わずか百十八ユーロ五十二セント。どこにも行かず、何も食べず、繭《まゆ》の中にいるかのようにその部屋でじっとしていたとしても、一週間しかもたない計算になる。生きるためには仕事を探さなければならなかった。正式な身分証も、フランス語や英語を話せる能力もない者は、小さな工場や食料品店でも働けないことを知っていながら、彼は期待を寄せ、それと同時にあきらめた。延吉《ヨンギル》の小部屋で暮らしていたときのように、自力で生計を立てることを夢見ながらも、それが不可能だということが痛いほどわかっていた。

この街に初めて来たときに見かけたヴァイオリン弾きや、駅の周りや地下道で何度もすれ違った物乞いが、この頃から彼の脳裏にたびたび浮かぶようになった。彼らを思いながら、歩道沿いに座り込んで通りすがりの人に物乞いする自分の姿を想像した。それは、半ば強制されるような想像だっただろう。どうすることもできない悲しみと病的なまでの不安を一つひとつ取り除き、現実的かつ具体的にどのように施しを乞うべきか考えを巡らせることもあった。カバンの片隅にはハーモニカがあった。彼は、世仙《セソン》小学校でハーモニカを習ったことがあった。息を吸ったり吐いたりすることで変奏していくメロディに合わせ、絶対的存在のある人物を褒めたたえながら、その健康と長寿を祈った。小学校は四年課程だったが、ギワンが通ったのは三年までだった。学校をやめたのは、ひとえに外的な影響によるものだった。

ギワンが小学校に入学した翌年、北朝鮮では大洪水が起こり、伝染病が流行した。一九九五年に彼らを襲った自然災害を前にして、祖国はなす術《すべ》が何ひとつとしてなかった。それは、ずっと前から予告されていたシナリオだった。ソ連と中国からの支援の減少に続き、ソ連・東欧共産主義圏の崩壊による貿易量の縮小、分別のない肥料の濫用による土地の荒廃と燃料不足がもたらした農業の機械化の失敗、そして米国による長期的な経済制裁と貿易赤字は、まるで精巧に並んだ鋸《のこぎり》の歯のように影響し合い、彼の祖国から災いに備える国力を奪っていった。しかし、一九九五年は始まりにすぎなかった。洪水はその翌年にも貧しいこの国を襲い、一九九七年には津波と旱魃《かんばつ》が、一九九八年には台風が全土を襲った。〝苦難の行軍《こうぐん》〟と呼ばれるこの時期に飢餓で亡くなった住民は、およそ二、三百万人にのぼると考えられている。北朝鮮政権の崩壊を暗に望んでいた米国をはじめとする西欧諸国と韓国は、北の住民が飢餓で最も苦しんでいたときに食料支援をためらい、北の政府は、これまで築き上げてきた地上の楽園が見る影もなく崩れていく現実を他国に知られるのを恐れた。この巨大で無情な政治ゲームの中で、子どもたちの学ぶ権利などは、いとも簡単に無視された。お腹を空《す》かせた子どもを見守るしかない親たちの涙を浮かべた目、物乞いする捨て子たちの垢《あか》がついた掌《てのひら》、食べ物を盗んだ少年を力づくで叩きながらも、栄養失調で息を引き取った同年代の息子を思い出して市場に座り込み、いつまでも号泣していたであろう中年女性の悔恨の念のように。歴史に記録されなかったのは、死者の名前だけではなかった。生き残った者の慟哭《どうこく》や絶望も、犠牲者数という数字に集約され、碑銘《ひめい》も刻まれることなく埋められたのだ。学校生活は贅沢だった。学校からなくなったのは学用品だけではなかった。子どもたちを指導する教師も、数多く姿を消していた。

一九九五年といえば、わたしが大学に入学した年だ。キャンパスに貼られた壁新聞で、北の状況について書かれた記事を何度か読んだことがある。政治や社会に無関心だと批判されるとむきになって反論するのに、行動で示すことはほとんどない世代にわたしは属していた。そのため、そんな記事が目に入るとしばらく眺めてはいたものの、募金箱の前は平気で素通りしていた。相対的な欠落は、貧しさという抽象的な言葉と結びついて青春の片隅にいつも影を落としていたが、貧しいと思い込んでいた日々でも命を脅かされたことはなかった。平然と通り過ぎた写真の中には、命の保証ができないほど飢えていた、八歳か九歳のギワンの姿があったかもしれない。ずっと後になって、わたしたちが三年の歳月を経て同じ場所を歩くことになるなど、当時は思いもよらなかった。無言の暴力。韓国大使館に期待しすぎてはならないとギワンに告げた人を、わたしは何の資格もなく非難していたのかもしれない。

コーヒーが入った紙コップは、すぐに空になった。椅子《いす》から立ち上がり、二階のトイレに向かう。

ギワンがこの店のトイレによく来ていた理由は、単にここが無料だったからだ。ブリュッセル市内にあるほかのレストランやフランチャイズの店とは違い、ヌーヴ通りのマクドナルドは、お金を払わなくても入ることができた。トイレの便器の蓋《ふた》を閉め、その上に座ってみる。衛生状態が悪いわけではないが、かといって食事に適しているとは言いがたい場所だ。

ホステルの朝食は、午前八時から九時までだった。彼は朝食を抜いたことはなかった。苛立つほどの空腹感で深く眠ることもできなかった彼は、早朝六時前にはベッドから起き上がり、洗顔と歯磨きを終えて服を着替え、髪を梳《と》かした。生活に困窮していることを気づかれたくなかったのだろう。彼が見たところ、そのホステルに腹を空かせた者の苦しみを察してくれそうな人はいなかった。

支度をすべて済ませても、午前八時はまだ先だった。彼はおよそ二時間待ち、八時ちょうどではなく、わざと十分か二十分ほど遅れて二階の食堂に入った。気持ちのうえではキッチン台にあるパンや牛乳などを手当たり次第にお盆に載せたかったが、彼は努めて冷静に振る舞った。食べている最中もまったく慌てることはなかっただろう。日記から伝わる彼は、つねに他者を意識し、警戒していた。空腹を満たすために目立った行動を取ることで、他者の視線という牢屋に自分を閉じ込めてしまうほど浅はかではなかったはずだ。彼が装いたかったのは、人生を愉《たの》しみ、余裕とは何かを知っている大半の宿泊客と同じ、若い旅行者だった。

食事を終えると、残りのパンをポケットに入れた。韓国大使館に行って以来、希望と呼べるものすべてを道端に捨ててきた彼にとって、それは街路名を日記に書き記すこと以上に重要な日課となった。彼は、個包装のバターやジャムを多めに取るときも慌てることはなかった。パンを買うお金がないのではなく、このホステルのパンが格別においしいからだという印象を与えなければならなかったからだ。そんなわざとらしい彼の振る舞いに、周りの人は騙されただろうか。お皿を運んでいたスタッフや世界各地からやって来た若い旅行客たちは、そんな彼の行動を眉をひそめながら見ていたかもしれない。おそらく、衣服にあるポケットというポケットがすべて膨らんだ、滑稽な姿だっただろう。しかし、食堂を出ていく彼の姿勢は、最後までバランスが崩れることはなかった。日記には書かれていないが、そんなときいつも彼の胸の奥で痛々しく脈打っていたであろう鼓動が、こちらまで聞こえてくるようだ。彼は毎朝、必ずパンをポケットに忍ばせていた。空腹が現実として苦痛となっていくプロセスが、彼の身体に深く刻まれていたからだ。十五歳以降、ギワンは背が伸びなかった。

ホステルでポケットに入れたパン、ジャム、バターが彼の一日の食料だった。午後二時前後に無料で使えるこのトイレに来て、ドアの鍵をかけ、便器の上に腰かけてポケットからパンを取り出す。パンにジャムとバターを塗る手もとが焦る気持ちで乱れ始める。ひとまず口の中にパンを押し込み、気がおかしくなるほどの空腹感を満たした後、ジャムやバターを舌で舐めたかもしれない。誰もいない閉ざされた空間で、空腹を訴える哀れな自我と向き合うこともあっただろう。その自我は、心の中でいつまでも涙を流していたに違いない。それでも、彼はいつもパンを一つ残していた。

わたしはパクのマンションからジャムを塗った食パン二枚をビニール袋に入れて持ってきたが、どうしても食べられない。便器に腰かけて、食べることも捨てることもできず、ただひたすらパンを見つめていたが、意を決してその端に口をつけた。噛む前から吐き気がこみ上げてくる。しかたなく口の奥まで一気に押し込んだ。数回噛んでから便器の蓋を開け、そこに顔を押し込むようにしてすべてを吐き出した。他者の惨憺《さんたん》たる経験を最後まで分かち合えないのが、わたしの哀れな自我なのだ。

疲れきった体で、わたしは午後三時にホステルに戻った。

四台のベッドはまだ空いている。スーツケースを窓ぎわに置いてから、洗面台の蛇口をひねり、両手で水をすくって飲み干す。午後にこの部屋に戻ったギワンはまず、水道水を飲んだ。喉まで水で満たされると、彼はそのままベッドに横になった。夕方にはもう散歩に出かけなかった。暗やみだけに存在する、楽しさや胸の高鳴りやときめきといった感覚をすべて失った不遇な生命体のように、彼は、いつのときも命がけで生き残らなければならなかった、生に対する己の凄まじい欲望を軽くあざ笑った。そして、布団をかぶったまま、無意識の彼方《かなた》から絶えず不安な眠りを引き寄せていた。一つ残しておいたパンを夜七時頃に食べる以外、ベッドから起き上がることもなかった。エネルギーを蓄えるには、行動を最小限に抑えることが重要だったからだ。

＊

雨降る水曜日の夜、ギワンは毛布を体に巻きつけて横になっていた。薄い壁の向こうでは、若さを発散する権利をアピールしているかのような旅行客たちが、声をあげて笑い、大騒ぎしながら酒を飲んでいた。彼らの笑い声、缶ビールを潰す音、うるさい電子音楽……。そして、廊下を駆け回る女たちのいたずらっぽいわめき声、酔っぱらって間が抜けたように笑いながら彼女たちを追いかける男たちのふらついた足音、音程が再三外れるでたらめなギター音もたまに聞こえてくる。現実味のない距離感のせいで、ギワンにとってその音ははるか遠くから響いてくるようでもあったし、すぐ後ろから聞こえるようでもあった。彼は寒かった。からだじゅうから汗が吹き出て、額は熱く、唇はからからに渇いていた。古びたジャンパーを着込み、毛布の上にシーツまで掛けたが、悪寒《おかん》は消えず、むしろひどくなるばかりだった。

午前零時頃、荷物を置いて外出していた四人の外国人が、豪快な笑い声を轟《とどろ》かせながら部屋のドアをドンと押し開けた。その中には女もいた。一人の男が、毛布とシーツを巻きつけて震えながらうめき声をあげているギワンを裸足でつついた。〝ヘイ、ガイ！〟彼らはそんなふうにぶしつけに声をかけてきたことだろう。〝しばらく部屋を出てくれないかい？〟誰かがそう言い、残りの者は持っていたビールを飲み干したり、薄ら笑いを浮かべながら毛布とシーツで隠れた小柄な男を用心深く見つめていたかもしれない。要望に見せかけた命令、弱い者に対して礼儀をわきまえない、愚かで情けない人間の臆面もない行動。そのとき、暗やみの中でギワンは何を思っていただろうか。

ギワンが何の反応も示さなかったため、その中の一人が無理やり毛布とシーツを剝《は》ぎ取った。ギワンは抵抗した。しかし、ひどい風邪を引いているうえに、彼らより身長が三十センチメートル以上も低いギワンの体では、長くは抗《あらが》えなかった。毛布とシーツはあっけなく剝ぎ取られ、ついに彼の姿があらわになった。大きな笑い声が沸き起こる。〝ちょっと見てみろよ。ガキじゃないか〟。酔っぱらいたちが横柄《おうへい》な態度で彼をあざける声を想像するだけでも、わたしはこみ上げてくる怒りを抑えることができない。〝歳《とし》はいくつなんだ？〟〝チャイニーズ？ それともジャパニーズ？〟 生体実験の前に、人格を剝奪されて手術台に置かれた冷たい体を見下ろすように、彼らはゆっくりギワンを観察しながらあざ笑った。〝おチビちゃん、一人でこんなところに来ちゃだめじゃないか〟。その言葉に、残りの者たちが腹を抱えながらくすくす笑いだした。女たちは、幼い子どもを怖がらせるように両手を顔の前で揺らしながら幽霊のまねをする。ギワンは、毛布とシーツを取り返して自分の体を隠そうとした。もう一人の男がギワンの手をつかむと、大声で怒鳴った。〝出ていけと言っているんだ！〟 その言葉の意味がわからなかったギワンを、男二人がドアまで引きずっていった。彼は、残りのユーロで宿泊していたドミトリールームを追い出されてしまったのだ。力なくその場に座り、悪寒で震えていたギワンを、廊下を歩く旅行客たちがちらちらと見やった。しばらくして彼が這うようにして向かったのは、廊下の突き当たりにある共同トイレだった。

共同トイレ。

この街で、彼が安全に過ごせた唯一の場所。

今晩もこのホステルは、酔っぱらった旅行客の笑い声とボリュームの大きすぎる音楽で騒がしい。そんなかたちでしか若さを発散することのできない者たち。わたしは、割り当てられたドミトリールームのベッドに座り、彼らを心から軽蔑しているところだ。何の目的もない高揚感で若さを使い果たすことを軽蔑しているわけではない。自分を満足させるために、境界線の外側に立っている人をぞんざいに扱ったこと、敬意を持って接しなかったこと、相手の具合が悪いことに気づけなかったこと、わたしはそれに腹を立てているのだ。ウオッカの瓶を持って無遠慮にあちこちの部屋を覗いていた白人の男が、とうとうこの部屋のドアを開けた。男と視線が重なる。

「一緒に飲むかい？」

わたしは冷ややかな目で彼を睨みながら首を横に振る。男は肩をすぼめると、静かにドアを閉めた。耐えられない。どうしても耐えられず、ベッドから腰を上げてその男を追いかける。

「ヘイ！　ストップ！」

酔っぱらった男がゆっくり振り返ると、わたしはいきなり彼に駆け寄り、胸ぐらを突き飛ばす。がっちりした男の体はびくともしない。あきれたような顔でこちらを見下ろしているだけだ。わたしは男を一心に睨みつける。

「何なんだ、お前は？」

男が怒鳴る。

「どうしてそんなに失礼なの？」

こちらも負けじと言い放つ。

「何のことだい？」

「あなたのことでしょ！　あなたも！　あなたも！　そこのあなたもそうよ！」

わたしは酒瓶を持って廊下を歩いている旅行客たちを露骨に指さし、次第にボルテージを上げながらわめき立てる。指をさされた者もさされなかった者も、皆が怪訝そうにこちらを見つめている。

「あなたたちには目も耳もあるのに、どうしてわからないの？　その人は具合が悪くてベッドで休んでいたの！　だけど誰も手を差し伸べなかった、誰も。それだけじゃない。あなたたちはその人を追い出したのよ！」

「何を言っているんだ？」

「それでもいいってこと？　あなたたちは、そんなことをしてもいいって言いたいの？」

力のかぎり大声で叫んだわたしは、結局その場に座り込み、「ああーっ」と声をあげた。不条理な苦しみが後から後から湧き出て暴走してくる。ギワンも、ソウルにいるユンジュやジェイも、いまのわたしを慰めることなどできない。この苦しみは三人のせいではない。三年前の出来事だ。そして、いまこの場にいるのは三年前の若者たちではない。頭ではわかっていても、心の奥ではこの明らかな事実に背を向けている自分がいる。

「酔っぱらいだ」

ひそひそ声が聞こえる。わたしは本当に酒に酔っているのだろうか。アルコールなんて一滴も口にしていないのに、いったい何に酔っているというのだろう。

「君、大丈夫?」

見ず知らずの東洋人の女の理不尽な怒りが解せないだろうに、いつの間にか近寄ってきた一人の白人男性が、励ますようにわたしの肩に手を置いて遠慮気味に声をかけてくる。見上げると、人だかりができている。しかし、その姿はぼんやりと霞《かす》んでいる。支えようとしてくれたその手を払いのけ、わたしは自力で起き上がる。白人男性は、申し訳なさそうな表情を浮かべている。問いつめることも理由を訊くこともなく寄り添ってくれた人に、わたしは最後までお礼すら言えなかった。怪訝そうにこちらを凝視している人の波を押し分け、ふらつきながらトイレに向かう。

幼い頃に毎晩、悪い夢にうなされたことがあった。

夢から覚めると、悲しい世界が現実ではないと気づいてほっとしたが、その後にまた寂しさが押し寄せてきた。声、感覚、感情、家族、結びつきが消えてなくなったその場所が、現実と離れておらず、いつの日か自分が戻らなければならない場所だとわかっていたからだろう。だから、いまわたしが寂しい理由もこんなふうに説明できるかもしれない。わたしが再び向かうべきなのは、こんなふうに人の視線を受けながら悲しむことのできる開かれた空間ではなく、誰も覗き込めないところで自分の悲しみさえも疑わなければならない、閉ざされた場所だとわかっているからだと。

部屋から閉め出されたギワンは、夜明けまで便器の上に座っていたが、東の空が白む頃、男女四人が乱れたままで眠っている部屋に戻り、静かに荷造りをした。その日、彼はこのホステルに来て初めて朝食をとらなかった。財布には、防水布に包まれた六ユーロ五十二セントが残っていた。それは、韓国大使館に行ってからの一週間、彼が宿泊費以外でたったの一セントも使わなかったことを意味する。

二〇一〇年十二月十七日　金曜日

朝六時に荷造りして部屋を出る。運が悪いことに、明け方のシフトに入っていたジーンズ姿にショートヘアのあのスタッフが、フロントでうとうとと居眠りをしている。わたしはいったんスーツケースを置いてからゆっくりフロントに向かい、テーブルをコツコツと二度叩く。

びくっと驚いて眠りから覚めた彼女は、うつろな目でこちらを見ると、すぐに顔をしかめた。〝またあんたか〟。化粧が落ちたその顔には、早くも苛立ちの色が見えた。わたしはフロントのテーブルに体を寄せて、冷静に尋ねた。

「三年前、とても小柄な東洋人の男性がここに二週間くらい滞在していたんですが、覚えていますか」

「ちょっと、ここはホステルなの。一日に何人のお客が来るかわかってます？」

「朝食のとき、その人はいつもパンとジャムをポケットに詰め込んでいたと」

「それはできません。禁止されていますから」

「でも、注意されなかったと書いてありました」

「その人が何を書いたって言うの！」

「どっちにしろ、覚えていないんですね。最後の日は、ひどい風邪を引いていて、生気のない姿でここを出たはずなんですが」

「いつまであなたの話を聞かなきゃいけないのかしら？」

「少しでも親切にすればよかったのに」

「何ですって？」

「これから一度でも彼に会うことがあれば、丁寧に謝ってほしいんです」

「あなた、頭がおかしいんじゃない？」

「話はここまでです」

　くるりと踵《きびす》を返してスーツケースを取りに行く。早口で何かをまくし立てている声が背中越しに聞こえてくる。フランス語の悪口など知りはしないが、彼女がいま発している言葉が、相手を侮辱する低俗な言葉だということだけはわかる。明け方のブリュッセルは寒い。三年前のように雨が降っていたら、もっと冷え込んでいたことだろう。

傘も差さずに雨に濡れながらギワンが向かったのは、サン・ミッシェル大聖堂だった。ヌーヴ通りからペルシ通りに抜けてコメディアン通りへ下り、ボア・ソヴァージュ通りを歩いていたとき、朝の空気を分かつような鐘の音が聞こえてきた。かすかな音色は彼の体に染みわたり、過ぎた日々を優しくいたわりながら、彼の鼓動や吐息と共鳴した。彼は、自分の体が鐘の音と一つになって響き渡るような不思議な感覚を抱き、半ば衝動的にその音の鳴るほうへ歩を進め、聖堂を見つけると扉を開けて中に入った。そこは、お年寄りがまばらに座っているだけで、静まり返っていてうす暗かった。当時のギワンのように、わたしはサン・ミッシェル大聖堂の一番後ろの席に腰かける。そこには、祖母の匂いが漂っている。祖母のもっと上の世代の人の匂い、つまり死の迫った人が今世の終焉を強く拒んでいるような匂いだった。それは、取材やロケで病院の集中治療室に行くたびにはっとさせられた、限りある時間の中ですり減っていく人間の体臭でもあった。

パイプオルガンの演奏が始まった。

神を信じず、神を信じる者の傲慢さも嫌っていたが、ギワンはその朝、荘重《そうちょう》でこのうえなく悲しいパイプオルガンの演奏を聞きながら祈った。臨終に立ち会えなかったばかりか、その身体さえも守ってやれなかった母への祈りだった。それは、彼の人生で初めての祈りだっただろう。彼の日記を読みながら、たった一度だけ深く息を吸い込まなければならなかった場面、どうしても一気に読み進められなかったそのページ。もうこれ以上、目をそむけてはいられないことを、わたしはゆっくり悟る。

パイプオルガンの演奏を聞きながら脳裏に描いていたギワンの涙は、手が届くようでなかなか届かない。他人である以上、いまの時間と感情をありのままに分かち合うことができないという不変の真理にこれまで何度も苦しんできたが、それに慰められることもあった。しかし、自分の限界に対して自分だけは沈黙する権利があると考えるのは、このうえなくむなしい。三年前、わたしがいま座っているこの席で、身をすくめ、全身を震わせながら号泣していたであろう彼の姿を心の中で描きながら、わたしは最後まで濡れることのなかった自分の乾いた頬を片手で荒っぽく拭《ぬぐ》った。

*

大聖堂を後にしてマンションの玄関ドアを開けると、黒い靴が目に入る。パクのものだ。思いがけない彼の訪問が、嬉しいわけでも不快なわけでもない。わたしはしばらく滞在させてもらっているだけで、この部屋はパクの所有物だ。スリッパに履き替えてキッチンのほうへ曲がると、思ったとおり、食卓に腰かけているパクの姿が見えた。夜が明けて、朝日が差し始める時間帯ではあるが、電気がすべて消えた部屋はうす暗い。手探りで照明のスイッチを探していると、明かりはつけないでくれとパクが言う。驚くほど低いその声に体が凍り、思わず手が止まる。パクはワインを飲んでいる。いつからここで飲んでいるのだろう。夕べから待っていたのではないだろうか。食卓に置かれたワインボトルは、中身がほとんど残っていない。

「散歩中にふと思い出してね。ちょうどカバンにここのスペアキーがあったんだ」

パクは、らしくない言い訳をする。おそらく、たまたま鍵を持っていたわけではないだろう。彼はいつもこの部屋の鍵を持ち歩いているのかもしれないし、今朝か昨夜に鍵を手にしながら、わたしに話したいこと、話すべきこと、そして話してはならないことをあらかじめ考えたはずだ。わたしはマフラーとコートを置いてから食卓の椅子に腰かけ、彼の向かいに座る。

「写真を持ってきたよ」

またも、たまたま思い出したかのように、パクは床に置かれたカバンから一枚の写真を取り出した。ギワンが写っている。「ホワイエ・セラで暮らしていたときの写真だ」とパクが言う。彼が差し出した写真を丁寧に受け取り、一心に見つめた。想像していた姿とほぼ変わらない。幼い印象、毛髪が多くてぼさぼさした頭、やつれた頬、みすぼらしい冬用のジャンパー、澄んでいるようでどこか愁《うれ》いを帯びた黒い瞳。想像と違っているところがあるとすれば、ギワンの笑顔、その天真爛漫な表情だった。その表情だけで、わたしの心はこれ以上ないほど和《なご》やかになる。写真の中では、ふくよかな黒人女性が彼の肩に軽く腕を乗せている。付箋に〈ノッキン・オン・ヘブンズ・ドア〉と書いてくれた、ホワイエ・セラの事務所スタッフのシルヴィだろう。

「執筆は進んでいるかい？」

わたしは写真から目をそらし、ゆっくり頭《かぶり》を振る。《はじめは、彼はただのイニシャルLだった》という冒頭の一文以降、毎日少しずつその続きを書き進めてはいるものの、納得のいく内容ではなかった。目には見えない他者の涙まで慈《いつく》しみの心で紡ぐこと。台本でも台本以外のものであっても、それを書く理由にしたい。いつだったか、ジェイにそう告げたことがある。ギワンの日記から伝わってくる彼の涙に幾度も心を痛めてきたが、わたしはいまだに確信を持てずにいた。彼の人生を辿るなかで、彼と自分の共通点の多さに気づいたが、わたしは彼の不遇な時間に深く共感するよりも、ただそれを冷静に見つめながらこれまでの自分の選択を正当化することに、より多くのエネルギーを費やしてきた。彼のことを書く資格が自分にあるのかという当初の自問を、わたしはまだクリアできずにいる。

「一杯どうだね？」

パクが言った。わたしはうなずき、バッグに入れておいたギワンの日記に写真を挟む。

パクは椅子からゆっくり立ち上がり、キッチン棚へ向かう。ここで暮らし始めて以来、まだ開けたことのないその引き出しには、ワイングラスとさまざまなワインボトルが整然と並んでいる。わたしの薬箱のように、彼にとってはその引き出しがお菓子箱のような存在だったのではないだろうか。甘い贈り物を差し出す代わりに、つかの間の忘却と現実的な苦しみを共有してくれる、奇妙で悲しいお菓子箱。パクはその中をじっと覗いていたが、しばらくするとワインボトル一本とグラスを取り出した。食卓に置いてあったウィング型のワインオープナーでコルクを抜くさまは少し手間取っているようにも見えたが、その手つきには長い歳月からくる慣れが染み込んでいる。

「ワインがお好きなんですね」

「眠れない日には、睡眠薬より役に立つんだ」

「夜あまり眠れませんか?」

「歳《とし》をとれば、避けては通れない病気だよ」

そう言いながら、パクはグラスにゆっくりワインを注ぐ。スペイン産のワインだと教えてくれる。

「フランス産がいいとか、イタリア産が最高だとか、チリ産が本物だとか言うが、本当はそうじゃない。わたしからすれば、ワインはスペインだ。スペイン産が本物なんだよ。さあ、どうぞ」

わたしはワイン好きでもないし、ラベルや産地による味の違いもわからない。けれどいま、どうしようもなくお酒を欲している。冴えきった頭、長く続く気の張りつめた日々や不安な心理状態から、遠く離れたどこかへ逃避したくなったとき、アルコールほど睡眠薬と同じくらい都合のよいものはないからだ。

「それじゃあ、聞かせてください」

ワインをひと口飲んでから、疲れた声で先に切り出した。食卓の向こうからパクがぼんやりこちらを眺めている。

「写真のためだけにいらしたんですか？　何か話したいことがおありなのでしょう」

「勘がいい。でも、相手はキム作家じゃなくてもいいんだ」

「誰でも構わないなら、気を楽にして話してください」

「あれから五年も経つというのに、ときどき鮮明に思い出す。そんな日は一睡もできなくなるんだ」

彼は、五年前の出来事を話そうとしているようだった。そのことなら前に一度聞いたことがある。一緒に街を歩いていたとき、五年前に肝臓がん患者の安楽死を手助けし、それがきっかけで医師を辞めたと話していた。誰にも知られずに……、たしかにそう言っていた。

「肝臓がん末期の患者さんのお話ですよね」

「記憶力がいい」

「印象深かったので」

「そうだろうね」

わたしはワインを一気に飲み干した。一杯だけなのに、一日の空腹と疲れのせいでたちまち体の力が抜けていく。目の前にいるパクの姿が、見る間に歪んでいく。その間に、パクは再びグラスを空にしていた。彼のグラスにワインを注ぐ。パクは少し酒に酔っているようだった。目の周りが赤くなったその顔が、かろうじて視界に入る。

「使ったのはバルビツール酸系の鎮静剤だ。スイスに安楽死を手助けするディグニタスという有名な団体があって、そこでも使われている薬だよ。それが人間の体内でどんな科学反応を起こして人の呼吸を止めるのか、わたしも理論的には知っている。だが、その過程で起こる激しい精神の混乱や身体的苦痛は、身をもって経験しないかぎり、決して知りえないんだ」

「それでも、前におっしゃった患者さんのように、炎に包まれてこの世を去るよりいいのでは？」

「うむ、そうか。じゃあ……」

「……」

「じゃあ、聞かせてくれるかい？」

「……」

「肝臓がん末期の患者がいる。腹水が溜まり、肝性脳症《かんせいのうしょう》になるのも遠くない状態だ。肝性脳症になると、鏡を見ても自分の顔かどうかさえわからなくなってしまう。そのうち排泄も自分でできなくなるんだ。体臭は次第にひどくなり、痛み止めの薬は増え続けて、モルヒネさえ効かなくなる日が目の前に迫ってくる。そうなると、患者は眠りに落ちるまで続く耐えがたい痛みで、獣のように泣き叫ぶようになる。からだじゅうに何本もの管を通したままベッドに横になっていると、背中に床ずれができることもある。これがどういうことかわかるかい？　一人の人間の魂が、その人が生きてきた崇高な時間が、残酷なことに病気に冒された肉体に閉じ込められて、少しずつ蒸発して消えていくんだよ。それも、形容しがたいほどの苦痛の中で」

「……」

「教えてほしい」

「……」

「死ぬために、そこまでする必要が果たしてあるのだろうか？　苦労ばかりの人生でも一貫して自分には厳しく、家族にさえ弱みを見せたがらなかった。あんなに凜々《りり》しかった人が無惨に壊れていく姿を見守る資格が、果たして我々にあるのだろうか？」

「わたしは……」

「いいんだ。話しても無駄なことだ」

パクはわたしの言葉をさえぎって席を立つ。最初から彼は、わたしの答えや考えを聞くつもりはなかったのだろう。ただ、話したかったのだ。独白というかたちで、人生で最も混乱した瞬間について話すことで、その手段が正しかったことを他者を通じて確かめたかったのだ。いまも健康を損なわず、命絶えるまでずっと生きていくであろう自分自身を許したかったはずだ。パクに最初に会ったとき、むやみに感情的になったり傷ついたりすることからずっと前に解放されていたように見えたのは、思い違いだったのだろうか。

パクはリビングの窓辺に向かい、朝を迎えたブリュッセルの街並みを静かに見下ろしている。いや、見つめているのはブリュッセルの街並みではなく、かつての日々だろう。その背中は少し曲がっていて、これまで見てきたどの背中よりも誰かの体温を求めているように見える。あれは、見慣れた背中だ。わたしは無意識に椅子から立ち上がり、パクに向かって歩いていく。彼が振り向いたとき、彼に、いや彼でなくても関係のない誰かに、どうしても訊きたかったあの問いを心の中でつぶやいてみる。食卓からリビングの窓までは十歩くらいだというのに、どれほど歩いてもその距離は縮まらない。

*

いつものように夕食を終えると、呼び出しを受けてスナックに向かったギワンの母はその日、家に帰ってこなかった。二〇〇七年九月十一日のことだった。ギワンはたばこを吸いながら、夜中まで家の前を落ち着きなくうろついていた。ようやく明け方になって眠りに就き、誰かに背中を揺らされた朝八時頃、うっすらまぶたを開いた。ただごとではない揺らし方だった。母の代わりに自分を起こした母方の親戚の姿を見上げた瞬間、彼は母の身に何かがあったことを直感的に感じ取った。しかし、どれほど重大なのかはわからなかったし、知りたくもなかった。彼は、親戚の口から聞こえてくるおかしな話をそのまま理解している自分の耳を疑った。むしろ、耳に入ってくるすべての情報をこんなにも取り乱すことなく、これほどにも迅速に解釈している自分の感覚を、激しく嫌悪するしかなかった。

ギワンの母は、午前零時頃にスナックを出て交通事故に遭った。即死だった。彼は、自分を病院へ連れていってほしいと親戚に懇願した。そう言い張り、それ以外の余計なことは何もしないでくれと訴えた。親戚は、沈痛な面持ちで首を横に振りながら拒否した。彼は頭を床に打ちつけて、病院の名前だけでも教えてほしいとせがんだ。中国当局が脱北者を集中的に摘発していた時期だった。親戚は、報奨金狙いの中国の公安が目の色を変えて北朝鮮出身者を捕まえているなか、ギワンの母親の身元はすでに割れているので、病院の近くで公安が待ち構えているはずだと話した。ギワンは泣きわめいた。親戚は、最後まで病院名を教えてはくれなかった。それが、四十二歳という若さで帰らぬ人となった義理の姪の最後の頼みであるはずだと考えていたのだろう。

寂寞《じゃくまく》、それをはるかに超える時間が流れた。

二日後、親戚が再び訪ねてきた。その日は、韓国人の二人の宣教師も一緒だった。二日間何も口にしていなかったギワンは見る影もなくやつれ、目には希死念慮《きしねんりょ》が漂っていた。苦しみを抱くことさえ自分には贅沢だと考え、一瞬の喪失感すら決して受けいれまいと、鋭く尖《とが》った感覚でひたすら自分を追いつめていたであろうその凄まじい時間を、わたしは忍耐という言葉以外には表現できない。親戚は、彼を無理やり起こして座らせると、ヨーロッパへ行くよう告げた。これまで何度も韓国行きを説得してきた宣教師たちも、なぜかそれに賛同した。ヨーロッパは福祉国家が集まった神の地で、いまも世界各地の難民がヨーロッパへ押し寄せているのだと彼らは言った。そのとき、誰かが残酷な話を持ち出した。母親の遺体を買いたがっている人がおり、そのお金があればヨーロッパ定住までの費用に困ることはないだろうと。引き取り手がなければ、どのみち遺体は中国当局によって処理され、その過程については誰も知りえないのだとも言った。ギワンは驚かなかったし、憤ることもできなかった。すべてが嘘のようで、悪意に満ちた策略のようでもあった。〝お前が生き残ってこそ、お前の母親も浮かばれる〟。親戚は、ギワンが決して拒むことのできない切り札を出した。彼は最後まで涙を見せなかった。

一週間後、ギワンは四千ドルを手にした。母が通っていた韓国人教会を訪ね、唇が青ざめるほど底冷えする寒さのなか体を震わせて宣教師を待ち、彼らが姿を現わすと十一献金〔十分の一税〕を捧げて追悼礼拝を頼んだ。飛行機のチケット代と韓国の偽造パスポート代を含めたブローカーの費用は二千八百ドルだった。旅行カバン、歩きやすい靴、マフラーと手袋を買うのにも若干の費用がかかった。残りのお金と親戚からの援助をユーロに換金すると、六百五十ユーロが手もとに残った。彼は防水布を手に入れて、そのお金を幾重にも包んだ。雨にも汗にも涙にも決して濡らさないと誓いながら。転がる小石にも、木の葉の隙間を流れゆく無情な雲にも傷つけはしないと、絶対に守り抜くのだと言い聞かせて。ベルリン行きの飛行機に乗るまで、彼は一度もその防水布を開かなかった。

彼は気づいていただろう。母の遺体を引き渡すことで、自分がこれからどんな人生を歩むことになるのか。そして、とてつもない悔恨と苦しみを抱きながらどれほど多くの時間を耐え抜かなければならないかについて。事あるごとに罪悪感に襲われ、苦しみはじりじりと深まっていく。長く走り続けてきたつもりでも、ふと振り返ると、時間は平然とした顔で当時の彼の選択を問いただし、彼の前に立ちはだかる鏡はいつまでも自らを蔑《さげす》む言葉で淀《よど》んでいることだろう。わたしはいま、彼がどんな時間の中にいるのかを知りたい。

わたしはユンジュの時間についても知りたい。いつも彼女が耐えうる容量を超えた羞恥心や怒りを与え、ついには悪性に変わって命までも脅かした鏡の中のその腫れ物を、彼女がどんな思いで見つめているのか、わたしはどうしても知りたい。他人の分別のない視線に動揺した心と傷ついた涙でできた腫瘍が、悪意をいっぱいに詰めたがんの塊にならざるをえなかった過程をどのように受けいれているのか、いや、その過程に納得しているのか、どうしても知りたい。

しかし、いまのわたしにわかることは何もない。他者の苦しみは実体が見えず、察することしかできないため、つねに何かが欠けている。誰かに最も必要とされているとき、わたしは無力で何もわかっておらず、その場にたどり着くのが遅すぎた。彼や彼女の苦しみがどこから始まり、どの地点で高まり、どこへ流れていくのか。そして、どのような経路で自身の人生へと入り込み、彼らのいまという時間を悲惨なまでに支配しているのか。わたしがこれらのことを心から理解できる日は来ないだろう。誰かの慰めや体温もないまま、やっとのことでその時間をくぐり抜け、少し疲れた面持ちで彼がこう告げたとき、つまり、わたしはどこにもいなかった。

《母は僕のせいで死にました。だから僕は、生きなければならなかったのです。》

ギワンがインタビューで語った言葉だった。

*

　窓辺からゆっくり振り向いたパクに、わたしはその言葉の意味がわかるかと訊《たず》ねた。パクはすぐには答えない。ギワンのことをあれほど親身に手助けしたのは、母に対する彼の悔恨の念に共感したからではないのかと、わたしは重ねて訊ねる。パクの息づかいが感じられるほど、わたしたちの距離はすっかり縮まっていた。パクはまたもや押し黙る。そして、答える代わりに「キム作家をここに導いた雑誌の記事の言葉とはそれだったのか」と問い返してきた。わたしはうなずく。誰かが自分のせいで命を失ったり、とてつもないほどの不幸に陥ったとき、できることと言えばせいぜい生きること、それしかない状況をどう受けいれていいのかわからない、と告げる。彼は、深く考え込むようにうなだれる。やがて、人が自分のせいで命を失ったり、とてつもないほどの不幸に陥ることがあるのかと、彼が訊いてくる。わたしは尖った口調で、五年前に亡くなった肝臓がん末期の患者がいまだに幾度となく脳裏に浮かぶのは、自分がその患者を死なせたという罪の意識があるからではないのかと、問いつめるように言う。

「いや、そうじゃない。安楽死といっても、むやみに患者の体に薬物を投与するわけではない。最後は、患者が決める。患者が決めなければ、医者は何もできないんだ。わたしの場合、患者がベッドに横になっている部屋に、薬物と酒を混ぜたコップを置いておくという方法をとった。コップを手に取りそれを飲むか否かの選択に、わたしは医者として介入できないし、介入してはならないと考えていた。だから、実際に介入することもなかったんだ」

「でも、そのコップがあったからこそ、患者さんは自分の選択を行動に移せたのでは？」

「死を目前にしたとき、患者本人の意思よりも決定的なものはない」

「奇跡が起こることもあるでしょう？　他人の介入によって、その可能性が奪われたとも言えるはずです」

その瞬間、言葉を失ったような面持ちで、パクがこちらをじっと見つめた。わたしは目をそらさなかった。

「キム作家は、わたしがその患者を死なせたと思っているんだね」

「尊厳と命を引き換えにした、と言うべきでしょう」

「わたしに何を求めているんだい？」

「ただ、知りたいんです。生き残った者や、健康な者が何をすべきなのか。自分を正当化するための言い訳を探し続けるほかに、命を失ったり、とてつもないほどの不幸に陥った人に対してどんな心情でいるべきなのか、訊きたいのはただそれだけ！　それだけなんです」

それ以上何も言わず、かすかに体を震わせているわたしを、パクは蒼白《あおじろ》い顔で見つめている。

患者の悲劇的な状況と安楽死への切なる欲求は、自分の選択における一つの条件にはなれても、絶対的な条件にはなれないことにパク自身も気づいているのだ。

気づいているがゆえに、彼はいま苦しんでいる。

死へ向かう患者の最期の苦しみに寄り添えなかった自分の限界が、克服できる次元ではないとわかっていても、パクは繰り返し不眠に悩まされているのだろう。血の気の引いた顔、固く結ばれた唇、激しい鼓動のせいで時折乱れる体。それらは、彼の脆《もろ》い内面が音を立てずに揺らいでいることを示している。それでは、わたしはいったい何をしているのか。一人の人を不毛な自省と後悔だけが詰まった世界へ押しやって、わたしがいま望んでいることは何なのか。わたしたちは人生の共犯者であり、永遠に許されることもなく許されてはならないのだと、強引に言い張ろうとしているのだろうか。この年老いた侘《わび》しい男に。

「似ている」

「……」

「その患者とキム作家は似ている。ほんのわずかな寛容さすら自分に与えようとしないところが。」

初めて会ったときから感じていたんだ」

「その患者さんは、ただの患者じゃない。そうでしょう?」

最後まで、わたしはパクにいっさい容赦しない。最後の問いに、パクの瞳は一瞬光を放ち、大きく見開く。わたしが正面からまっすぐ見据えていると、パクが先に目をそらす。耐えられないほどの気まずい沈黙が、二人の間を隙間なく埋め尽くしている。しばらくして、パクが帰ると言う。わたしは引き止めない。引き止めるつもりなどまったくなかった。わたしのそばを通り過ぎたパクは、まるで酒に酔っていなかったかのように、乱れのない足音を立てて玄関へ歩いていく。当分の間、パクは連絡してこないだろう。どうすればギワンが達したその結論、生きなければならないという境地に達することができるのか、それを問う機会はまたもや遠ざかってしまった。わたしがギワンの半生を知るためにここまで来たのは、わたし自身もまた生きなければならないというその絶対的な命題を理解し、受けいれたかったからだ。それを伝えられる日も、しばらくは来ないだろう。

二〇一〇年十二月十八日　土曜日

朝、目を覚ましてすぐ携帯電話の電源を切った。切ったところで記憶の電源まで切れるわけではないのに、そうするしかない自分を冷ややかな目で見つめる。手帳に限らず、財布に入ったレシートの裏面やいつも持ち歩くガイドブックのどこかのページ、そしてブリュッセルの市内地図の余白のどこかにも、消えていないメモは残っているだろう。

今日は、ユンジュが手術を受ける日だ。

ソファに横になり、ユンジュの担当医が〝悪性だ〟〝残念だ〟とまくし立てる、これまで幾度となく見てきた悪夢にうなされて目覚めると、時刻は午後二時だった。韓国では夜の十時を迎えたその時刻、わたしはソファから起き上がり、携帯電話の電源を入れる。床にしゃがんで、ジェイの電話番号をゆっくり押している間、これまでずっと気づかないふりをしてきた不安が、からだじゅうの穴という穴からねっとりと流れ出てくる。ひとしきり熱病にうなされたように、全身が汗で湿っている。

呼び出し音が鳴りだすとすぐに、ジェイが電話を取った。

予定どおり、今朝ユンジュが手術を受けたと彼が言う。わたしは息をひそめる。手術が成功し、ユンジュはもちろん生きている、という言葉を聞くために。ほどなくして、ユンジュの抗がん剤治療に効果が見られ、幸いなことに転移を防ぐことができたため、大きな問題もなく手術を受けられたと淡々とした口調で教えてくれた。今回の手術に関しては、ユンジュの同意のもとにカメラに収め、一か月後に放送する予定だとも言った。あまりに強く携帯電話を握りしめていたせいで両手の手首まで痺《しび》れていたが、そのときようやく力が抜けた。

「だけど」、そう言って、ジェイの声が突然止まる。そういえば、彼の声は終始重くて陰りがあった。焦ったわたしが何かを言おうとした瞬間、ジェイが再び落ち着いた声で言った。

「だけど、右耳は残せなかった」

「どういうこと?」

がん細胞が右耳まで達していたため、耳を残せなかったそうだ。わたしが夢の中で偽りの苦しみや憐れみにあえいでいたとき、ユンジュは現実の扉を開けて手術室に入り、そこで右頬の腫れ物を切り取るとともに、片方の耳まで失うことになった。彼はいま、そう言っているのだ。

「鏡を見て、ユンジュは相当なショックを受けたはずだわ」

「まだなんだ」。ジェイの言葉が再び詰まった。「まだ、包帯を外していないんだ」

「ジェイ」、久しぶりに彼の名前を呼んでみる。「うん」、彼が答える。話したいこと、話すべきこと、話してはならないことが、頭の中で入り混じりながら渦巻いている。「わたし……」

「わたし、また間に合わなかったのね」

ジェイは息をひそめているのか、携帯電話の向こうは静まり返っている。右耳がない状態で、もうすぐ十八歳を迎える女の子の心情とは、どんなものだろう。健康な体と対を成した二つの耳のある自分がいま苦しんでいるとすれば、この苦しみを〝偽りのない心〟と呼んでもいいのかと、それは可能なのかと、ほかでもないジェイに訊きたい。

ジェイは黙ったままだ。わたしは、短いあいさつもせずに携帯電話を閉じて、再びソファに横たわる。

その日は一日中、ソファから起き上がることができなかった。風邪気味で体がひどく重かった。いつからか、かすかにそれが見え始めた。それは、ソファの下に佇《たたず》み、夜になるまで辛抱強くわたしを見守っていた。夜中に少し目を覚ましたとき、それは勢いよく首もとから入ってくると、わたしの心の温度を測ってくれた。

二〇一〇年十二月二十日　月曜日

わたしは耐えられないような空腹を知らない。貧しさはいつも相対的なもので、自分より恵まれている人と比較した欠乏感にすぎなかった。大学生のときは学費の負担からいつも家庭教師のアルバイトを二つ三つ掛け持ちしていたため、大学の合宿や農業ボランティアへの参加など考えもしなかったと話したら、ジェイは心から憐れむようなまなざしでわたしを見つめた。そのときは、誰かが否定的な感情なしに自分に対して同情心を抱いてくれることに安堵感すら覚えたものだ。つまり、わたしにとっての空腹とは想像上の領域にあるだけで、現実的なものではなかった。お腹が減って幻覚が見えることも、物乞いをしたりごみ箱を漁ったり痛々しい姿で倒れたりした経験もなかったし、周りにもそんな人はいなかった。

カトリック聖堂を出ると、ギワンはまた歩き始めた。その年の十二月二十日は木曜日だった。クリスマスの前週のブリュッセルは活気にあふれて華やかだったが、東洋の貧しい国から来たギワンにとって、彼らの軽やかな足取りと豊かなほほえみはただただ空虚だった。風邪は回復せず、空腹への感覚はいっそう鋭くなるばかりだった。ギワンのポケットには、パン一つさえ残っていなかった。その日の晩、彼は街中にあるごみ箱から食べ残しのサンドイッチひと切れを見つけて空腹をしのぎ、南駅に向かい、ベンチに横たわって眠りに就いた。駅舎には暖房がついておらず、路上にいるのと同じくらい寒かった。全身が熱を帯びた。悪い夢も見たかもしれない。彼はそこに長くはいられなかった。駅の職員も、区画を作って自分のテリトリーを確保しているホームレスたちも、新参者の小柄な東洋人の男を受けいれようとはしなかった。真夜中の二時、彼は駅から追い出された。彼は、鉄道駅と地下鉄の駅をつなぐ地下道を下り、トイレに入った。自動開閉装置があるそのトイレは、五十セントを支払わなければ中に入れなかった。お金を払ってトイレに入ったギワンは、いつものように一番奥の個室に入り、ジャンパーのチャックを首まで上げてマフラーを頭に巻きつけ、身をかがめて眠った。六ユーロと二セントが入った防水布を手探りで時折確かめながら。

翌日も彼はそこで眠った。残金は五ユーロと五十二セント。

二〇〇七年十二月二十二日は、クリスマス直前の土曜日だった。街の盛り上がりはピークを迎えていた。ギワンがほぼ何も食べないまま路上生活を始めて、三日目となる日でもあった。彼はその日、生まれて初めて物乞いをした。地下鉄トローヌ駅の芸術の丘方面にある階段だった。彼は帽子を取り、ひざまずいて身をかがめ、できるかぎり頭を低く下げた。脱いだ帽子は頭の前に置いた。その一つひとつの動作が、わたしの頭の中ではスローモーションのようにゆっくり流れる。生半可に憐れみを抱いてはならないと頭が命令していても、ゆっくり流れるその画面のどこかには、彼を見守るわたしの悲しい視線がある。物乞いの準備を終えた彼は、最後にカバンからハーモニカを取り出した。何曲ほど吹いたのか、どれほど長い時間が流れたのか、彼は思い出せなかった。数えきれないほど頭を上下させていたからだ。集まったお金は、五ユーロほどだった。

今日、地下鉄トローヌ駅にある芸術の丘方面の階段には、物乞いをしている人はいない。ギワンがひざまずいていた階段がどのあたりなのか想像してみる。目星をつけたところにしばらく腰を下ろす。せわしなく行き来する人びとが、階段にしゃがみ込み、寒さで体を震わせているわたしを一瞥《いちべつ》しては通り過ぎていく。急に咳き込んだ。咳が止まらず、冷えきった階段に長く座っていられない。

ブルス広場へ向かう。

十ユーロほどを持ったギワンは、朦朧《もうろう》とした意識の中で歩いた。彼を突き動かしていたのは、何か食べなければという単純な欲求だったのか、それとも、もはや力尽きるまで歩いてやろうという無謀な執念だったのだろうか。彼の足が止まったのは、ここブルス広場だった。このあたりは、中国やインド、タイ、ベトナム料理の店が集まった、アジア系のレストラン街でもある。彼が赤色を帯びた蛾《が》を見かけたのは、そのレストラン街の入り口だった。〝ああ、きれいだ〟。彼はそうつぶやいただろう。ブリュッセルの煌《きら》めく夜のイルミネーションを眺めながら彼は書いた。昼の間、深い眠りに就いていた大小さまざまな蛾が、夜になると背中を光らせて舞い踊っているようだったと。その日のブリュッセルのイルミネーションは、とても美しかったに違いない。

ギワンは、つかめそうでつかめないその赤色の蛾を追いかけた。最初は一匹だけだった蛾は、奥に入り込むほどに数十匹、数百匹と増えていった。大空いっぱいに広がる赤の蛾。彼はすっかり魅了された。その蛾を追いかけていけば、故郷が見えてくるような気がした。ひょっとすると、母が迎えに来ているかもしれない。彼の足取りは早まった。おいしそうに漂っていた香りは、いっそう濃くなった。

ギワンが見た赤色の蛾は、街路樹に飾られていた電球だった。

ブルス広場の入り口に立ち、その赤く光る電球を見上げたわたしは、まぶたを一度閉じてから大きく目を見開いてみる。その瞬間、信じられないことに、赤色を帯びた蛾の群れが一気に飛び上がる。それは、光を放ちながらゆらゆらと宙を舞い、わたしの髪を赤く照らしている。手を伸ばし、うっとりするような赤光《しゃっこう》の群れに触れてみる。全身が真っ赤に染まっていくようだ。

ギワンと同じように、わたしは赤い蛾の群れに導かれるように街路樹に沿って進む。街路樹は通りの入り口からぽつぽつと植えられており、わたしはその中央に立っている背の高いモミの木に目がとまる。その木は美しく彩られている。ギワンのポケットには汗で湿ったお金があったが、彼はレストランには入らず、そのモミの木の下にあるベンチに腰かけた。全身から力が抜けて、どうしても抗《あらが》うことのできない眠気が押し寄せてきた。

ギワンの意識は少しずつ遠のいていった。

ひょっとすると、彼は意識的に眠ろうとしたのかもしれない。これ以上歩くにはあまりにも疲れ果てていた。最初から終着地のない旅だったなら、おいしそうな香りに満ちていて、赤い蛾が空いっぱいに広がったこの場所ですべてを終えてもいい。彼は自らの意識に隙間なく蓋《ふた》をしながら、そんなことを考えていたのかもしれない。

翌朝、ギワンが目覚めたところは警察署だった。

二〇一〇年十二月二十一日　火曜日

薄目を開けたギワンが、自分が横になっている場所に気づくまで、それほど長くはかからなかっただろう。背中に〈Police〉と書かれた冬用のジャンパーを着た男たちがせわしなく行き来し、荒々しい声が飛び交っていたその場所は、まぎれもなく警察署だった。ギワンは警察署の入口にあるソファの上で目覚めた。不法滞在者が絶対に避けなければならない場所に、いつの間にか何の抵抗もなく運ばれていたというわけだ。目を覚ましたギワンに、初老の白人警察官が近寄ってきた。ファイルを手にした用心深そうな面持ちのその男は、ギワンに何かを問いかけた。名前や家族関係、あるいは住所や国籍のようなものだっただろう。ギワンもそう感じていたが、彼は何も言えなかった。それは、最初からなかったものやすでに意味を失ったもので、軽い身振りや手振りではどんな質問にもきちんと答えられなかったからだ。ほんの一瞬、カバンに入った韓国の偽造パスポートが頭に浮かんだが、彼はすぐに頭《かぶり》を振った。それも自分のアイデンティティを示すことはできないし、いつかは本物でないことが明らかになる、偽りの身分証にすぎなかった。無言で視線をそらしたギワンを、背の高い年配の白人警察官が、眼鏡越しにじろりと見つめていた。

その日の午後、ギワンはパトカーに乗り、またも自分の意思とは関係なく、知らぬ場所へ連れていかれた。彼は不安だっただろう。誰かをつかまえて、どこへ向かっているのか訊ねたかったに違いない。いや、彼が訊きたかったのは、もう少し根本的なことだったかもしれない。自分はなぜここにいるのか、どうしてここまで来てしまったのか、いったいどこで残りの人生という重荷を下ろさなければならないのかと。

彼が白人警察官とともにやって来たのは、ブリュッセルの郊外にある孤児院だった。

クリスマスイブの前日、孤児院の子どもたちの目には、いきなり現われた東洋人のお客が珍しく映ったはずだ。子どもたちは目を光らせながら、ギワンが何歳くらいか言い合ったり、彼の国籍についていい加減な憶測を浴びせたりしたかもしれない。ギワンはその疑いに満ちたまなざしを横目に、警察官の後ろについて建物に入り、廊下の先にある事務室で孤児院の院長に会った。

彼女こそ、ギワンがブリュッセルで出会った最初の恩人、エレンだ。警察官は彼女に、ギワンのことを道に迷った子どもだと説明した。ギワンが警察官のその誤りを確かめたのは、それからかなりの月日が経った後、つまり、ホワイエ・セラを出て、ラソン通りにある中華料理店で働いていた頃のことだった。当時の彼は、レストランの給料日になるとエレンに会いに孤児院を訪ねていた。「あの警察官は僕のことを、口がきけないとか心に問題のある子どものようだとかと話していませんでしたか?」 彼はエレンにいたずらっぽく訊ねた。拙《つたな》さはあったものの、文法的にはさほど誤りのないフランス語で。そんな日が間違いなく彼の人生にあった。自分が十三、四歳の少年ではなく、二十歳の成人であることすら伝えられなかった一年前のクリスマスイブの前夜。当時は想像もできなかったその日の出来事については、ギワンの日記の最後のほうに記されている。

ギワンはすぐさま少年クラスに入れられ、十歳から十四歳までの少年少女専用棟にある部屋を割り振られた。部屋にカバンを置いてからエレンの指示で浴室へ行き、時間をかけてシャワーを浴び、孤児院から渡されたジーンズとシャツを着て食堂へ向かった。

その日の夕食はご馳走だった。

スープとパン以外にもたくさんのクリスマス料理が並べられた食卓を前にしたギワンは、自分が根なし草だという思いを少しの間、忘れることができた。四日ぶりに、いやブリュッセルに来てから初めて食事らしい食事をしたことになる。それぞれが心のどこかに〝捨てられた〟という傷を抱え、いつでも誰かに冷淡になれる準備ができていた子どもたちは、大きな音を立ててパンや肉をがむしゃらに頬張るギワンを冷ややかな目で睨みつけた。しかし、そんな視線を意識して自分の行動を抑えるには、彼は腹が空《す》きすぎていた。そのうえ、相手は小さな子どもたちではないか。彼は皿が空になるまで料理を口に運び、噛んで、飲み込み続けた。

その日の夜、孤児院で小さな騒ぎがあった。許可もなく自分たちの世界にやって来て、まるで獣のように食べて倒れたギワンのことが、子どもたちは気に食わなかったのだろう。彼らが胸の奥に抱く被害者意識によってギワンは仲間はずれの的となり、部屋の隅に押しやられ、毛布と布団を覆いかぶせられて、順番に殴ったり蹴ったりされた。暴力を止める声も聞こえたが、ギワンはその言葉の意味がわからなかった。布団と毛布に包まれた宇宙の中で再びひとりぼっちになった彼は、グッドスリープでの最後の夜を思い浮かべただろうか。ひょっとすると、客室でたばこを吸っていたときに警察を呼ぶと脅された、ブリュッセルでの最初の日を思い出していたかもしれない。この都市での日々が、人びとからの無視や軽蔑、そして自分に向けられた過度な警戒心やいらぬ誤解であふれるだろうという予感は、あながち間違っていなかったようだと自嘲しながら。

彼は抵抗しなかった。ただ、彼らのように捨てられた子どものふりをしながら、収まりのつかないその敵対心と鬱憤が鎮まるまで耐えてやることにした。背中や腰にあざができ、唇が破れて出血し、腕が曲がり、頭がぼやけるくらいは、彼には大したことではなかった。彼はむしろ、長い間待ちわびていた何かが、いままさに自分のもとへやって来たような一種の喜びすら感じていた。母の遺体を売ったお金で、生き残るためにヨーロッパまで来たことに対して、一度たりとも報いらしい報いを受けたことがなかったと彼は思った。韓国人の宣教師は、彼の行動をむしろ崇高なものとして美化したし、ともにベルリン行きの飛行機に乗った朝鮮族のブローカーを含む十九人の中国人は、彼の事情に何の関心も示さなかった。彼は、誰からでもいいから具体的で物理的な罰を受けたかった。その相手が十代の子どもたちでも構わなかった。いっそのこと自分を殺してくれても構わない。布団と毛布の中で、彼はこんなふうにつぶやいていたかもしれない。

〝お願いだから、正気を失うまで殴ってくれ〟

ギワンがいっこうに逆らわなかったので、子どもたちの暴力はいつしかやんでいた。翌日はクリスマスイブだった。その日を境に、この中の何人かは運命が変わることを子どもたちは知っていた。午前零時を過ぎた頃から一人、二人と群れから姿を消し、自分のベッドに戻っていった。現実的な救いの手を差し伸べてくれるサンタクロースを待ち望み、欲しかったプレゼントを両手いっぱいに抱える夢を見る、ある意味ではただの子どもでしかない本当の子どもたち。ギワンは周囲が静まると、布団と毛布を剝《は》がして廊下の突き当たりにあるシャワー室へ向かった。落ち着いて止血し、あざができたところを髪の毛や衣服でなんとかして隠そうとした。不当な暴力があったことが発覚して、また別のうわさ話が立つのは避けたかったからだ。少なくとも、孤児院にいれば寒さに震えながら路頭でさまようことはないし、耐えきれない空腹を感じながら惨めな姿で物乞いしなくてもいいのだから。暴力は少なくとも一週間は続くだろうと彼は予想した。その予想は間違っていなかった。

ブリュッセル郊外にある孤児院の近くを歩きながら、半月近くも子ども扱いされたうえに子どもたちの世界でも集団的な無視と暴力を受けるしかなかった二十歳のギワンの心情に、わたしは思いを馳せる。その試みは、たちまち無意味に散らばってしまう。散り散りになった心を力なく見つめ、つい先ほどエレンから手渡された小さなクリスマスカードをポケットから取り出してみる。ギワンに会ったら渡してほしいと彼女から頼まれたものだ。エレンのカードが、クリスマスの訪れをいっそう強く実感させる。

三日前のジェイとの短い通話以来、一度も鳴らなかった携帯電話を取り出してみる。決まった手順のように、ユンジュの番号をゆっくりと押す。もうすぐクリスマスね、と話を切り出せば、そうですね、とユンジュは短く答えてくれるかもしれない。

〝クリスマスイブの前夜に、二十歳の青年が孤児院で食事をご馳走になって、子どもたちに交じってキャロルを歌うふりをしている姿、想像できる？〟

うーん。彼女は照れくさそうに笑って、夜更けの病室で窓の外を見下ろしながら頭を掻《か》くかもしれない。その人はどうして孤児院に行ったんですか、と彼女に訊かれたら、わたしはこう答えたい。

〝あなたみたいに、寂しかったのかもしれない〟

ユンジュは電話に出ない。鏡を見ているのかもしれない。右耳を映し出せない、役立たずな鏡。完璧でもなく、幸せになる術《すべ》を見つけることもできない怠けた鏡。寒くて寂しい十七歳の冬が詰まった、貧しい鏡。

ギワンは、思ったより早く孤児院を去ることになる。キッチン担当の職員を手伝って、歌を口ずさみながら皿洗いをしているギワンの姿を、エレンが偶然見かけたからだ。およそ十年前に韓国の養子縁組機関と連携して、韓国の子どもたちをベルギーの養親《ようしん》に紹介する仕事をしたことがあった彼女は、おぼろげに韓国語を覚えていた。

「コレアン(Coréen)?」

エレンがギワンを事務所に呼んでそう訊いたとき、彼は正直になるべきときが来たことを全身で察知した。これ以上、逃げる場所も去る場所もなかった。彼は椅子から立ち上がり、孤児院でもらった毛糸の帽子を取って、深々と一礼してからゆっくり声を出した。

「コリアン」

それを聞いたエレンは、指で上と下を何度か指し示した。北か、南か。

「ノース、ノースコリア」

ギワンは、きっぱりとした声で正確に答えたことだろう。右手の人さし指で上を指しながら、ノースコリア、あるいはDPRKと。日記の最初のページのほかに、別の数ページにも繰り返し書かれていた、もう二度と戻れない祖国の英語表記。脳裏をよぎるたびにこの単語を何度も書き記しながら、失ってしまった自分の国籍を、時と場所にかかわらず堂々と声に出せる瞬間を待っていたのだ。エレンが、わかったという顔でうなずくと、勇気が湧いたギワンは、両手を使って自分が二十歳であることを伝えた。エレンは大きく驚いた。本当かと訊く代わりに、その場ですぐに韓国大使館に電話をかけた彼女は、大使館の消極的な対応に怒りをあらわにしたものの、すぐさまベルギーの内務省に連絡した。内務省の職員が訪ねてきたのは、二日後のことだった。皿洗いをしていたギワンが何の歌を口ずさんでいたのか、日記には記されていない。

＊

マンションに戻り、シャワーを浴びてからソファに腰かけ、携帯電話を開く。

三日ぶりにジェイに電話をかける。呼び出し音が三度鳴ったとき、彼が電話を取った。目を覚ましたユンジュの容態を聞くためにかけたはずなのに、わたしはユンジュの名前さえ口に出せない。「ユンジュは」、ありがたいことにジェイが先に話を切り出してくれる。「少しずつ良くなっているよ」。「ユンジュは」、今度はわたしが口を開く。わたしのことを憎んでいるわよね、と訊きたかったが言葉にならない。訊けるはずがない。その代わり、「さみしい」とつぶやく。彼は「わかるよ」とぽつりと言う。わたしがそれ以上何も言えずにいると、彼が「原稿は進んでいるの？」と問いかける。わたしは「ほんの少しずつだけど書き進めている」と答える。「よかった」と彼がそっとつぶやく。会いたい、と言いたかったが、長い沈黙の末にわたしの口から出たのは、別の言葉だった。「ごめん」。彼は口を閉ざした。二人は押し黙っている。「メイン作家の席を空けている」と最後に彼が言った。それは、わたしが聞きたい言葉ではなかった。夜十一時五分、韓国では朝の七時五分。わたしたちは結局、八時間という時差を埋められないまま電話を切った。携帯電話の通話記録は、二人の会話が一分五十二秒間続いたことを示していた。

アスピリン、アレルギー専用の鼻炎薬、睡眠改善薬、胃腸薬などが入った薬箱をまた持ってくる。今日も、目を閉じたまま薬箱に手を入れて、感覚に導かれるままに錠剤を一つつかんでみる。また睡眠改善薬だ。頭がぼんやりしてくるまで、ジェイとの短い会話を思い返すことにする。唇にいまも残るセリフは〝ごめん〟、それだけだ。わたしは、そう告げた自分の弱い心の責任が持てないことに気づく。五十ミリグラムの錠剤では、頭が鈍くなるだけだ。ソファに横になり、リビングの床に座り、すぐに立ち上がり、そして窓に寄りかかる。

三日前にわたしの心の温度を測ってくれたそれが、いつからかぼんやりしたシルエットになって現われ、わたしの耳もとで口ずさみ始める。その歌声にうっとりと聞き入り、真夜中の二時頃ようやく眠りに就いた。

＊

内務省の職員とともに孤児院を後にしたギワンは、彼らのサポートを受けて内務省にある外国人事務局で難民申請書を提出した。写真撮影と指紋の採取、簡単な身体検査などの手続きを終えると、ブリュッセル市内のヴォリュウェ・サン・ピエールにある収容所で一時的に過ごすことになった。外国人事務局から面談に応じるようにという呼び出し状を受け取ったのは、それから四日後のことだった。

ベルギーの難民申請局の聴取室で、ギワンは初めてパクに会った。オーディションと呼ばれるこの最初の面談は、二〇〇八年一月十一日金曜日の午前十時に始まった。そこには、パク以外に内務省の職員二名も同席していた。主に職員が質問をしてギワンが答えるかたちで進められ、パクはその間で彼らの質問と答えを通訳していた。しかし、その席でパクは単に通訳だけをしていたわけではなかった。ギワンの話し方、使う語彙、北朝鮮についての知識などを細かくチェックする検査官の役割まで担っていた。面談の内容をもとに、ギワンが本当に北朝鮮出身者なのかどうか最終判断を下すのは内務省の職員だったが、パクの意見は彼らの判断の重要な要素となるからである。

一般的にベルギーをはじめとするヨーロッパ諸国は、国家から追放されたり国を捨ててきた異邦人を難民として認定することに好意的ではない。いや、世界のどの国であっても、大手を広げて難民を歓迎することはないだろう。難民認定するということは、さまざまな支援金を提供し、定着できるようサポートすることを意味しており、これらすべてはお金とつながっている。内務省の職員は何としてもギワンを難民認定せずにベルギーから追放しようとし、ギワンはできるかぎり正直に話し、パクはその狭間《はざま》で双方の言葉を正確に通訳するために客観的な態度を貫いていた。息が詰まるようなその出会いからは、二人は当然のこととして想像もできなかっただろう。自分たちが、通訳をする側と聴取を受ける側という事務的な関係から、人間的な関係を築くようになることを。どうしても隠しておきたい人生のある時期を映し合う、鏡のような関係になるかもしれないことを。

最初の面談での質問と受け答えは、基本的な内容だった。名前や年齢、出身地や家族関係、故郷の風景や生活などに関するものだった。数回のやりとりを終えると、職員は一枚の紙を机の上に置き、パクが韓国語で言った。「国旗を描いてください」。ギワンは時間をかけて丁寧に共和国の国旗を描き、赤と青で丁寧に色を塗った。職員がその絵をファイルに入れると、パクが再び口を開いた。「国歌を歌ってください、一番から最後まですべてを」。ギワンは立ち上がり、直立不動で国歌を歌った。祖国の国歌を二番まで歌っている間、パクはずっと目を閉じていたと、ギワンはその日の夜、日記に記した。

　国旗を描いて国歌を歌った後、ギワンは聴取室にひとり残って供述書を書いた。これまでの半生、とりわけヨーロッパに来ることになった経緯について詳しく書かなければならなかった。《わたしの名前はロ・ギワンで、一九八七年五月十八日に朝鮮民主主義人民共和国の咸鏡北道《ハムギョンブクト》穏《オン》城《ソン》郡《グン》世《セ》仙里《ソルリ》にある第七作業班で生まれました》という一文から始まり、《そしてわたしは、二〇〇七年十二月四日火曜日にバスでブリュッセルに到着しました》で終わる、その五枚の供述書のコピーは、いまわたしのバッグに入っている。

　二度目の面談は、一週間後の二〇〇八年一月十八日金曜日だった。その一週間でパクはギワンの供述書をフランス語に訳し、駐ベルギー韓国大使館と関連部署に提出した。二度目の面談からまた一週間ほど経った頃、パクとギワンは内務省の職員の同席なしに二人きりで会った。難民申請局の聴取室ではなく、当時ギワンが過ごしていた収容所にある面会室でのことだった。供述書を読ませてもらった、とパクが言った。ギワンの母親のことは心からお悔やみ申し上げるという言葉を添えると、彼はしばらく粛然とした表情を浮かべていた。沈黙が流れることもあったが、互いを探り合うような気まずい視線が行き交うことはもうなかった。むしろパクは、慈愛に満ちた微笑を浮かべていた。ギワンはパクの顔を見て、この席が公的な審問ではなく私的な時間だと気づいた。パクは最後にこんなことも言った。良い結果が得られるように努力する、と。それを聞いたギワンは笑みを浮かべたそうだ。ブリュッセルに来て初めて顔をほころばせたこの場面を日記に書いているときも、ギワンはほほえんでいただろうか。

きっと、そうであってほしい。

パクとの三度目の面会の日、ギワンはパクに会って以来、五歳のときに炭鉱でこの世を去った父親のことがしきりに思い浮かぶと日記に書いた。それから二年余りの月日が流れた頃、ギワンはブリュッセルでの日々をすべて記した一冊の日記をパクに送って、イギリスへ向かった。ギワンは、難民認定を受けられるよう献身的に手助けしてくれたパクに、あいさつもできないままブリュッセルを離れなければならないという、避けようのない状況を打ち明けたかったはずだ。一本の電話では伝えきれないそのすべてを一つたりとも漏れなく知ってほしい、理解してほしいという切実な気持ちで、パクに日記を送ったのだろう。

ギワンの供述書の最後の一枚には、パクが駐ベルギー韓国大使宛てに書いた意見が記されている。公的書類の特性上、パクはこれをフランス語で書いた。

Je vous envoie le texte de Lo Ki-wan traduit en français. Bien qu'il ne dispose pas de pièce d'identité de la Corée du Nord, je suis sûr qu'il est Nord-Coréen. Je pense que lui tendre une main secourable est notre mission aujourd'hui. C'est une vérité à laquelle nous ne pouvons échapper. Nous devrions donc l'aider davantage autant au niveau humain et affectif qu'au niveau politique et administratif. Nous nous laissons submerger par les problèmes politiques jusqu' à en oublier les souffrances individuelles, souvenez-vous s'il vous plaît que ceci est notre tragédie. N'hésitez pas à me contacter en cas de doute ou pour une explication quelconque. Je vous prie d'agréer I'expression de mes sincères salutations.

ロ・ギワンの供述書をフランス語に訳してお送りします。彼は北朝鮮の身分証明書を持っていませんが、わたしは彼が北朝鮮出身者であると確信しています。彼を助けることは、今日におけるわたしたちの使命であると考えます。それは目をそむけてはならない真実です。そのため、わたしたちは事務的で政治的な方法ではなく、情緒的で人間的な方法で彼を助けるべきです。わたしたちが政治問題に没頭している間に見失ってしまうのは個人の苦しみであり、これこそがわたしたちの悲劇であることをどうか心に留めていただけますようお願い致します。疑問な点がありましたら、遠慮なくご連絡ください。心より感謝申し上げます。

二〇一〇年十二月二十二日　水曜日

ついに、ギワンの日記の中で唯一ほほえむことのできた、最後の二十ページが始まる。この部分では、ギワンがベルギーの内務省から一時滞在許可証をもらった場面から、フィリピン人女性のライカを追ってイギリスへ向かう直前までが記されている。この頃のギワンは、希望を見いだそうとし、愛を知り、孤独にならないよう努めていた。彼にとっては久々となるいそがしい日々だったはずだ。そのためか、この時期の日記は分量が少なくて、文章もシンプルだ。

ヴォリュウェ・サン・ピエールにある収容所に来ておよそひと月後、ギワンは国際社会において難民申請が可能な国の一つである北朝鮮国籍を有する者である可能性が高いと判定され、一か月ごとに延長できる一時滞在許可証を手に入れた。それに加えて、一週間に五十ユーロの滞在費が支給され、フランス語の授業も無料で受けられるようになった。供述した内容の真偽と犯罪記録の有無等が内務省の外国人事務局で調査され、最終的な結果が知らされるまで、ギワンは救世軍によって設立された施設で、外出や部外者の訪問が自由にできるホワイエ・セラへと住居を移し、より安定した生活をスタートさせた。正式に難民認定されて定着できるのか、それとも認定されずに追放されるのかという問題にギワン本人は介入できず、実際のところこれ以上できることもなかった。待つこと、できるのはそれだけだった。

パトカーに乗ってホワイエ・セラに移動した日にパクが訪ねてきて、ギワンが知りたいことを詳しく説明してくれた。それは、内務省や警察から頼まれたわけではなく、あくまでもパク本人の自発的な行動だった。

イーペル通り二十八番地にあるホワイエ・セラは、地下鉄のイーゼル駅から徒歩五分ほどのところにある。イーゼル駅周辺は、多くの中東系移民が暮らす地域だ。そのためか、店を開けている食料品店の店員は、大半が有色人種である。

今日わたしが訪れたホワイエ・セラの入口には、黒人男性二人と中南米系らしき中年女性が、たばこを吸いながら愉快そうに笑っている。彼らもまた、難民申請が受理され、その結果を待っている比較的運の良い異邦人たちなのだろう。温かみが感じられるベージュ色のレンガ造りのこの施設は、誰でも出入りできる開かれた空間であるため、わたしも何の制約もなく中に入ることができた。

ギワンはここで六か月の間生活しながら、ブリュッセルで迎える初めての春と夏を過ごし、二十一歳になった。近くにある市立の夜間学校で一週間に三回フランス語の授業を受け、事務所のスタッフのシルヴィが流す音楽を聞きながら故郷に思いを馳せた。ともに滞在していた難民たちと市内見物をし、夏の一か月間だけオープンする移動遊園地で生まれて初めて観覧車に乗った。観覧車からブリュッセルの市内を見下ろしたときの、純粋な好奇心に満ちあふれていたであろうギワンの大きな瞳は、想像しただけでもわたしの心を弾ませる。ホワイエ・セラで暮らし始めておよそ六か月が経った頃、ついに彼はベルギーの内務省から難民として認定されたという通知を受けた。かろうじて難民申請が受理されても、審査までは少なくとも一、二年、長ければ数年、あるいは十年以上待たなければならず、審査結果もほとんどが否定的である点を考えると、ギワンはきわめて稀《まれ》なケースだといえる。パクによる手厚いサポートの賜物《たまもの》といえる結果だ。ギワンがブリュッセルで出会った二人目の恩人は、まぎれもなくパクだったのだ。難民認定されたギワンは、ホワイエ・セラを出てアパート暮らしを始め、ベルギー政府から毎月七百ユーロ前後の最低生活費も支給されるようになった。彼が合法的に中華料理店で働くようになるまで最低生活費は支給され続け、フランス語の授業もそれまでと同様に受けることができた。

ホワイエ・セラの事務所では、今日もシルヴィが窓辺の机に向かって仕事をしている。パクから受け取った写真に写っている、あのシルヴィだ。彼女に近づいてロ・ギワンの名前を口にすると、彼女は腰を半分浮かせて、彼を知っているのかと英語で訊いてくる。彼についての原稿を書いているだけで面識はないと説明しても、明るくて親切なシルヴィはわたしを歓迎してくれる。ギワンの些細な仕草から音楽に心を奪われていることに気づき、その曲名とミュージシャンの名前をメモしてくれたという彼女の思いやりと気配りが十分に伝わってきた。

ソファに腰かけ、シルヴィが入れてくれたコーヒーを飲みながら、ギワンの話を聞く。シルヴィによると、ギワンはここで暮らし始めてひと月になる頃、掃除や食器洗い、洗濯などを手伝いたいと申し出たそうだ。一週間に五ユーロの報酬がもらえる仕事だった。仕事そのものは大変ではないものの、一時滞在中の難民の多くは、たった五ユーロのために自分の貴重な時間を割こうとはしなかった。難民保護施設では、すべてが無料であるだけでなく、一定額の滞在費も定期的に支給されるからだ。おそらくギワンは、五ユーロが目当てだったのではなく、働くことの大変さを身をもって体験したくて志願したのだろう。黙々と仕事に取り組む彼の姿からは、厳粛さまでもが感じられたとシルヴィは言った。当然のことかもしれない。仕事中の彼は、ふくらはぎがむくみ、声も枯れ果てた状態で夜中に帰宅していた母のことを片時も忘れなかっただろう。自分の身を守るために、母ひとりが働くのをただ見ているしかなかった延吉《ヨンギル》での無力な時間。その時間が一瞬の怠惰も許さなかったからこそ、彼の働く姿は厳粛にならざるをえなかったに違いない。

シルヴィはこうも語った。ギワンは、階段を掃いてほしいと頼めば階段のほこりや踊り場のサッシまで拭き、夕食後の食器洗いを頼んだら食器棚と引き出しの中の食器まですべて取り出してきれいに洗ってから食堂のドアを閉めた。廊下をモップで拭いてほしいと言うと、廊下だけでなく難民たちの部屋や事務室、宿直室までピカピカになるまで磨いた。彼が掃除道具を持って歩けば、電化製品についた小さな汚れまできれいに消えてなくなり、彼が洗濯したものは光を放っていた。ホワイエ・セラ史上、そこまで誠実な利用者はいなかったし、言語を学ぶ際にもその勤勉さが発揮され、彼は誰よりも早くフランス語を習得したのだと、シルヴィが優しい声で教えてくれた。最後に彼女は、もしギワンに会ったらよろしく伝えてほしい、とも言った。わたしは彼女に、果たして彼に会う資格が自分にあるのだろうかと訊くことはできなかった。

シルヴィは玄関まで見送ってくれる。扉の前でいつまでも手を振り続けるシルヴィの姿を目に焼きつけようと、わたしは何度も振り返る。いつかギワンに会ったら、あの美しいシルヴィの言葉を必ず伝えたい。ちょっとした軽い冗談を交わした後、襟元《えりもと》についたほこりをなにげなく払ってやりながら。

もちろんわたしは、パクの近況も伝えるつもりだ。ギワンが一番に気にかけているのは、ほかの誰でもないパクであるはずだ。

ギワンがホワイエ・セラで暮らしていたとき、パクは一週間に一度、必ず訪ねてきた。パクはいつも、食料がいっぱいに詰まった紙袋を抱えて会いに来ていた。パクの訪問は、ギワンの生活態度を外国人事務局に報告するためでもあったが、それは表向きの理由にすぎなかった。

ギワンとパクのつながりは、ギワンがホワイエ・セラを出て、中華料理店で働きながら、中国人、ベトナム人、パキスタン人とともにアパートの一室を借りて暮らしていた時期にも続いた。報告書はすでに必要なかったが、いつもパクから連絡を入れてはギワンの部屋を訪ねていた。パクがギワンに思いやりと愛情を注いでいたのは、彼自身も実の母親の最期を看取れなかったことを骨身にこたえるほど悔やんでいるからだろう。そしてもう一つ、母親の死を自分のせいだと感じていたギワンの罪の意識は、妻の死を手助けするしかなかったパクにとって、絶対的に通じ合える部分だったに違いない。つまり、パクとギワンは罪の意識という共通の苦しみでつながっていたのだ。パクはギワンに背を向けることなどできなかった。

パクは、ギワンがフランス語にある程度慣れて文章が理解できるようになったことを知りながらも、ギワン宛ての郵便物を集めて一つひとつ韓国語に訳す作業も心底愉《たの》しんでいた。ホワイエ・セラを訪問していたときのように、温かいものを買ってはギワンがおいしそうに食べる姿を静かに見守り、さまざまなフランス語教材や辞書などをプレゼントすることもあった。パクのそんな行動から、ギワンはどこまで察していたのだろうか。その善意や思いやりが、振り返れば不意によみがえってくる、深い罪の意識からだとわかっていたのだろうか。母親を最期まで守れなかった自らの過去。それに共感したパクのきわめて個人的な時間について、ギワンは何も知らなかったのかもしれない。ギワンはただ、顔もよく思い出せない父親と、食べ物が少しでも手に入ると真っ先に自分にスプーンを持たせてくれた母親を思い出させてくれる、そんなパクとの時間が幸せだったに違いない。パクが訪ねてくると、温かくも心の片隅がちくりと痛むような夕暮れのひとときを過ごしたのだろう。わたしは、彼ら二人の絆の裏面について思いを巡らせながら、数日前にパクをひどく責め立てた自分の行動を悔やむ。取り返しのつかない自分の愚かさを、心の底から。

パクが薬物入りのコップを差し出した肝臓がん末期の患者が、彼の妻であったということに、わたしはいつから気づいていたのだろうか。

二〇一〇年十二月二十二日　水曜日（夜）

ギワンとライカ。

ここからは、この二人について書こうと思う。日記には、《今日はライカにフランス語を教えた》という文言が何度か出てくるが、彼らの距離が近づいた決定的なきっかけや、二人の間にあった具体的な出来事はほとんど書かれていない。二〇〇九年二月、ラソン通りにある中華料理店で初めて出会った二人の距離がどんなふうに近づいて、いつから寄り添うようになったのか、何をきっかけにこの人だという切なる思いが芽生えたのか、わたしには何ひとつわからないし、それゆえ、事実に沿った物語を書くこともできない。難民認定された二〇〇九年の二十二歳のギワンと、滞在期間が過ぎたツーリストビザで不法就労中だった二十一歳のライカ。二人でいれば、もう帰る場所がないというギワンの孤独な心や、いつどこで不法滞在の身であることが発覚するかわからないというライカの不安はすべて薄れたということ、わたしが知っているのはそれだけだ。もちろん二人は、自分たちの感情やその瞬間の気持ちに疑いを持たなかったはずだし、愛を語り合い、表現することを惜しまなかっただろう。言葉の限界、悲観的な世界観、閉鎖的な自意識などでは、判断することも判断されることもない固い絆で二人は出会ったのだから。彼らは、この世でいつも二人きりだった。巨人族の子孫のようなブリュッセルの人びとの間で、小柄な二人が固く手をつないで歩くとき、世界はたった二人だけのものになった。ブリュッセルはいつでも春の陽気で、二〇〇七年十二月のような凍《い》てつく寒さがギワンを苦しめることはなかった。日記を読み終えたわたしは、ブリュッセルの街で仲睦まじく歩く二人の後ろ姿を目にするたびに、消えていくその姿を切なくもほほえましい気持ちで見送りながら、いつまでも立ち止まっていたのだった。

二人の仲はどんなふうに始まったのだろう。

ひょっとしたら、彼らの始まりも、何の変哲もない平凡で淡々としたものだったのかもしれない。例えば、五年前のわたしとジェイのように。もちろん彼らが最初に出会ったときも、二人のうちのどちらかは言葉で言い表わせないときめきの予感で、ひとり静かにほほえんでいたのかもしれない。

＊

ジェイとわたしは、本来ならば放送局近くの日本料理店ではなく、会議室で最初に顔を合わせるはずだった。ところが、会食前にスタッフが集った会議の席に、肝心のディレクターであるジェイの姿はなかった。スタッフ全員が明らかに失望していた。後になって誤解は解けたが、熱意のないディレクターに慣れていたスタッフたちは、新番組のディレクターも役職に就くだけで仕事への意欲がない人なのだろうと思った。簡単なあいさつだけでディレクターのいない会議は形式的に終わり、スタッフたちは予約してあった日本料理店にそそくさと向かった。

その日、わたしはいつもの会食に比べてお酒を多めに飲んではいたが、普段どおり必要以上に酔うことはなかった。社会生活を送るうえで最も理解に苦しんだのは、会食の席で意識を失うほど酔っぱらって滑稽な雰囲気を作ったり、記憶を失ったまま運ばれるようなタイプの人だった。翌日もその翌々日も、一定の距離を保ちながら業務を指示し、指示される関係に戻らなければならないとわかっていながら、人に気安く素顔をさらけ出せるその心理が理解できなかった。誰かに差し出されたビールと焼酎を混ぜた爆弾酒を飲んで、わたしはトイレに行くために個室を出た。酔わないためには、少しの間だけでも席を立つべきだと思ったからだ。

洗面台に前かがみになって顔を洗ったはずなのに、トイレを出ると、顔には水気がなくニットシャツだけがびっしょり濡れていた。間違いなくわたしは普段より酔いが回っていた。一行のいる個室に戻る途中で何度も足がふらついた。誰かに肩をつかんでほしいという思いと、誰にもこの姿を見られたくないという二つの心が、妙なバランスを保っていたように思う。

個室の前で立ち止まると、それぞれの脱いだ靴が目に入ってきた。その中に、縫い目がほつれたカーキ色のスウェードのスニーカーもあった。あちこちに散らかっているほかの靴とは違って、左右のつま先を外向きにして揃えられていたその靴には、緑色の木の葉が一枚落ちていた。十一月だった。いったいどこを迷い歩いたら、緑色の木の葉が舞い込むのだろう。わたしはしゃがみ込んで、その靴をじっと見つめた。この街のどこかに隠された、誰も知らない秘密の森をその靴の持ち主だけが知っているような気がした。誰もがわれ先にと高みに向かって駆け上がるしかないこの都会の真ん中で、ただひとり、ひっそり隠れた森の中を悠々と歩いてきたようなその靴が、その瞬間、とても愛おしく思えた。

「キム作家、何しているの?」

ちょうどそのとき、一人のスタッフが障子《しょうじ》を開けて出てきたので、心ならずもわたしは皆の視線を一気に浴びることになった。席を空ける前にはいなかった一人の男性も、ひょっと顔を出してこちらをしげしげと見つめていた。

「紹介しますね。こちらはディレクターのリュ・ジェイさん。初回に出演予定のおばあさんのところに行ってこられたそうよ。あの、目の不自由な孫娘二人と旌善《チョンソン》で暮らしているチェ・オクブンさん、知っているでしょう?」

誰かが彼を紹介してくれた。離れていたわたしたちは、ぎこちなく会釈をした。


「ところで、あのときどうしてあんなにおかしそうに笑っていたの?」

一緒に仕事を始めて一年ほどが経ち、仕事以外の日常を共有することにも次第に慣れ始めた頃だった。初めての会食のときの話をしていて、ジェイが不意にそう訊いてきたことがあった。放送局の音楽資料室で、番組に合う音楽CDを一緒に探していたときのことだった。

「そう言えば靴置き場の前でも、しゃがみ込んで笑っていたよね? ひょっとして、靴にお金でも入っていたのかい?」

ジェイは数枚のCDをこちらに手渡しながら、心底知りたそうな表情を浮かべていた。わたしは頭を掻きながらとぼけて見せたが、つい昨日のことのようにそのすべてを鮮明に覚えていた。びっしょり服を濡らしたまま個室に戻ってジェイの向かいに座り、以前わたしが書いた番組の台本について話しながら何杯かのグラスを空けた。そのうち、携帯電話が鳴ったジェイが個室を出て、腰をかがめながらそのカーキ色のスニーカーを履くのを見たとき、わたしはもう心のどこかで降参していた。グラスに注がれたお酒がビールだったのか焼酎だったのか、それとも日本酒だったのかウイスキーだったのかも見分けがつかないほどに。

「キム作家、通りすがりの遊び人にナンパでもされたのかい？」

四十代の照明スタッフがいたずらっぽくそう言いながらこちらを見つめた。そのとき、ようやくわたしは、自分が声を立てずに笑っていることに気づいたのだった。

二〇一〇年十二月二十三日　木曜日

難民と認定され、ホワイエ・セラを出たギワンは、知り合いの難民や移民たちとともにアパートを借りた。ギワンがブリュッセルで最初で最後に暮らしたアパートは、地下鉄ポルト・ド・ナミュール駅近くのナプル通りにある。彼はそこで一年以上暮らした。

靴のヒールが削れたのか、暗やみが広がるナプル通りを歩く足もとから、尖《とが》った音が小刻みに響く。もの寂しさが漂う街。黒人の居住地として知られるこの地域は、入り込むほどに湿っぽくてどんよりした雰囲気を醸し出している。壁に寄りかかってたばこを吸っていた二、三人の黒人が話しかけてくる。お金やたばこをくれというジェスチャーを見せたが、それほど威圧的ではない。

ついに、ギワンの住んでいたアパートの前に着く。

そこは、アパートというよりは一棟の長屋に近かった。塗装が剝《は》がれた外壁は、この通りにある大半の建物と同じように、さまざまな色で落書きされている。外壁の下部は、不法投棄されたごみの山で足の踏み場がほとんどない。入口のほうへ回ると、透明のプラスチックの立て札に住人の名前が書かれている。一年前までは、ロ・ギワンという名前もここにあったはずだ。彼は自分の名前をハングルで書いたのだろうか、それともアルファベットだっただろうか。名前を書きながら、何を思っていたのだろう。慣れないこの地でようやく手に入れた自分の住処《すみか》に名前を掲げたとき、言葉では言い表わせない感動がこみ上げてきたに違いない。彼はどんな面持ちでこれまでの日々を振り返ったのだろうか。

ギワンの部屋は四階にあった。正確な広さまではわからないが、おそらく四人で暮らすにはとても手狭だったに違いない。中国人、ベトナム人、パキスタン人とギワンは、その窮屈な部屋にカーテンで仕切りを作って暮らしていた。午前零時頃、中華料理店の仕事を終えて帰ってきたギワンは、いくつものカーテンをめくって自分の空間にたどり着き、ベッドに腰かけてフランス語や英語の教材に目を通しながら、店の残り物を詰めたプラスチック容器を取り出して遅い夕食をとった。中華料理店の名は、金山花《ジンシャンフゥア》。彼が働き始める前から、ライカはこの店でホールスタッフとして働いていた。

ちょうどそのとき、腰の曲がったお年寄りが、アパートの入口で鍵を取り出した。訪問客のふりをしてうろついていたわたしは、そのお年寄りが入口の扉を開けたときにさりげなく一緒に入っていった。予想どおり、いや、予想していたよりもずっと内部はうす暗くて湿っぽい気配に包まれている。換気がされておらず、長い間溜まったままの湿気のにおい、天井に吊された点滅している豆電球、歩くたびに響く軋《きし》み音で建物の歴史を物語る、ほこりだらけの木製の階段……。

イギリスに向かったのは、ライカが先だった。商店やレストランで大々的な取り締まりが行なわれた日、不法滞在の身だったライカが警察に捕まった。取り締まりを熟知していた金山花の店主は、あらかじめ偽造しておいたライカの労働許可証を差し出しながら、彼女が不法滞在者であることをまったく承知していなかったと言い逃れた。店主は一定額の罰金を支払うだけで済んだが、ライカはひと月余りの間、外国人収容所に監禁され、そのまま強制的に出国させられることになった。数日後、彼女は奇跡的に収容所から脱走した。それからブリュッセルの街を無我夢中で駆け抜けてたどり着いたのはもちろんこの場所、ギワンのアパートだった。玄関の前で彼らがどれほど絶望的な気持ちで深く抱きしめ合ったのか、どれほど互いの無事に心の底から感謝したのか、わたしは十分に想像できる。木製の階段は軋み続け、抱きしめ合う二人を照らしていたかすかな豆電球の明かりは、いつまでも点滅していたことだろう。未来を懸けて希望を探る術《すべ》を知らなかった二人のその抱擁は、後悔など知らない恋人たちの特権のようなものだったのかもしれない。

　ひとまずギワンは、ルームメイトであるベトナム人青年の親戚の家にライカを預け、イギリス行きの貨物トラックの運転手について密《ひそ》かに尋ね回った。彼がイギリスを選んだのは、ヨーロッパの他の国々よりも不法移民の受け入れに寛容であり、働き口も比較的見つけやすいうえ、ライカがある程度英語ができるという理由からだった。しかし、有効な身分証のない不法滞在の身でイギリスに入国するのは簡単なことではなかった。不法移民の間でよく使われるのは、貨物トラックの荷台に隠れて入国する手段だったが、ヨーロッパ大陸とイギリスをつなぐユーロトンネルの入口には、この方法で入国しようとする不法移民を捕まえるために警察が待ち構えていた。その過程で不注意によって怪我をしたり、ごく稀ではあるが命を落とすこともある。いずれにせよ、警察に捕まればすぐさま国外追放されるのはもちろん、以後五年間は欧州連合に属しているどの国にも再入国できないという規定があった。しかし、ギワンとライカにほかの選択肢はなかった。存在自体が不法である者にとって、未来は選べるものではない。自分で選んだわけでもないのに、選ばれてしまった道を進むしかないという単純な義務があるだけだ。いつの瞬間も不安を抱え、ささいな喜びさえもあきらめながら、絶対に安全とは言えずとも絶対に危険な道よりは何か一つでも希望のあるほうへ向かい、その道を歩み、結局のところ生きるしかないという、脆《もろ》くとも避けて通ることのできない義務が。

仲間のおかげでかろうじて貨物トラックの運転手と知り合えたギワンは、ライカを無事にイギリスまで送り届けるという条件で彼に相当額を支払った。もちろん、その無事を保障できるものなど存在しないことはギワン自身もわかっていた。わかってはいたものの、一度だけは運転手から聞いておきたかった。何があろうと彼女を危険に晒すことなく、無事にイギリスまで送り届ける、という言葉を。もう二度と、決して、愛する人の死を知らせることはない、という確信に満ちた声を。

貨物トラックの運転手との取引を終えた一週間後、明け方にギワンとライカは約束の場所へ向かった。

トラックの荷台に乗るライカに、ギワンは自分の持っている現金をすべて差し出した。自分もすぐに追いかけるから少しだけ待っていてほしい、僕らはまた会えるし、僕らを止めることなど誰にもできやしないのだと、二人は互いの額を押し当ててささやき合った。いや、そうではない。実際のこの場面は、ギワンの日記には状況が書かれているだけで、わたしは彼らが別れぎわに語り合った具体的な会話を知らない。ひょっとすると、これはわたしがジェイに伝えたかった、あるいは、ジェイから聞きたかった言葉なのかもしれない。〝ごめん〟という無責任なひとことではなく、わたしたち二人を止めるものなどないのだから決してあきらめてはならないし、ともに生きるべきなのだという揺るぎない言葉とまっすぐな心。それこそ、わたしが求めていた理想的な会話なのかもしれない。

貨物トラックが遠ざかっていく。

ギワンはまた独りになった。慣れてはいたが、もう二度と戻りたくなかった孤独な姿で、次第に小さくなっていくトラックをいつまでも見送った。二〇〇七年十二月の夜中にユーロラインズに乗っていたときのように、自分がいま生きていることを時折確かめながら。

その日、アパートまでの帰り道でギワンは何度も後ろを振り返った。

＊

ギワンが住んでいたアパートを後にして、地下鉄でパクのマンションに戻る。浴室の鏡の前でイヤリングを外していると、何かが背後を軽やかに歩いている気配がする。わたしの心の温度を測り、耳もとで口ずさんでくれたそれであることに直感で気づく。

体を硬直させたまま、ゆっくり振り返る。それがまじまじとこちらを見上げている。わたしはしゃがみ込んで、それ、すなわち誰かの片方の耳を息をこらして見つめる。そうか、あなただったのね、とささやいて手を差し伸べる。この世の人びとが声に出すことのない話を聞き回っている、少し変わっていて儚《はかな》い耳、相棒を失った寂しさを抱え、いつまでも右に向かって進むしかない一途な耳。美しく照り輝く湧き水をすくうように、両手でそっと耳を包んで抱きしめてみる。これまで一度も言葉にしたことのない胸の内を、今晩、この耳だけにそっと告げるのも悪くない。そんな気がする。サザエの殻に息を吹く子どものように、その耳にぴたりと唇を当ててみる。いまこの瞬間、わたしの息を吹きかければいいのだ。

愛している、そうささやく。それは初めての会食のときから予感していたことで、その気持ちをこれまで一度も疑ったことがないのだと。

ジェイの笑い声がかすかに聞こえてくる。いつの間にか携帯電話に形を変えた誰かの右耳に、より強く片方の頬を押し当てる。現実のわたしはジェイの番号を押してなどいないし、もちろんのこと、わたしのこの告白は、地球の反対側にあるソウルの明け方の路地や明かりの消えたマンションに届くはずはなく、流れることのない電波に閉じ込められていることもわかっている。それでもわたしはジェイから聞きたい。わたしたちが愛を告白しなかったのは、かぎりない幸せや完璧な充足感やほんのひとときの天国の代わりに、絶えず二人の間にある感情の不十分さや関係の欠如を求め続けていただけで、それこそが二人の愛のアイデンティティなのだと。それを聞いたら、自分の弱さを知ったからこそ、あなたをもっと大切にしたいという気持ちを失ったことはないのだと答えるだろう。熱い息づかいのなかった二人の過去が、編集されたフィルムのように一つのフィクションにすぎなかったとしても、あなたを守りたいという気持ちは、いつのときもわたしの生きる理由だったということも。

携帯電話の画面を閉じる。

その瞬間、寂しがり屋で儚《はかな》いその耳が、わたしの胸の中に入ってきて何かをそっと告げた。その声は、未熟な二人の時間はまだ終わっていないかもしれないよ、とささやいたのだろうか。

二〇一〇年十二月二十四日　金曜日

一週間ぶりにパクからの連絡があった。思っていたより早い。クリスマスイブの日、恋人たちや家族で賑わうグラン・プラス近くのロワイヤル広場で待ち合わせたわたしたちは、市庁舎、王立美術館、楽器博物館、芸術の丘、ギャルリー・サン・テュベールなどのブリュッセルの有名な観光地を順に通り過ぎる。降り注ぐ夜のライトアップの間で爆竹が鳴り、まるで生きているかのような華麗なレーザー光線が舞い踊り、建物を煌々《こうこう》と照らし出す。あちこちから聞こえてくるクリスマスキャロル、レストランやバーの前で客の呼び込みをしているサンタクロース姿の店員、鳴り響く鐘の音、トナカイの模型、頬の丸い愛らしい天使の人形。しばらく歩いていたパクとわたしは、ブッシェ通りの入り口にある小さなパブに入る。パクはビールを、わたしはラム入りのコーヒーを頼む。顔が少し痩《や》せたようだと言って、パクが沈黙を破った。

わたしは言葉が出ない。パクに会ってからずっと謝罪の言葉が喉に引っかかったままだ。わたしは何よりも先に彼に謝るべきだったし、心から謝りたかった。けれども、その言葉は喉の奥に隠れているだけで、なかなか声にならなかった。

「申し訳なさそうな顔をしているね。もしそうなら、謝る必要などない」

「……！」

「キム作家、わたしは年寄りだ。歳《とし》をとったという意味がわかるかい？　感情というものがすべて身に余るようになる。余生が見えてくるから、おのずとそう思えるんだ。寛容になったとも言えるだろうし、あきらめとも言えるだろう」

ちょうどそのとき、ウェイトレスがビールとラムコーヒーを持ってくる。ビールをひと口飲んだパクは、財布から何かを取り出す。不思議だった。あらかじめ知らされていたわけでもないのに、いま彼が渡そうとしているものがわたしにはわかる。それは、時事情報誌に載っていた言葉、一冊の日記と供述書のコピーに続く、イニシャルLに、いやロ・ギワンに会うのに必要な三つ目で最後の鍵になるだろう。拒むことはできない。ここまで来たのはひとえにギワンに会うためだったはずだ。パクの財布から取り出されたその小さなメモ用紙にどうしても手を伸ばせず、ひたすら食い入るように見つめていると、パクがこう告げる。

「ギワンがイギリスで働いている中華料理店の住所と地図だ。ライカというフィリピン人の女の子と一緒に働いているそうだよ。ここにいたときと同じようにね。キム作家に必要なものじゃないのかい？」

「会いに行きなさいと、お尻を叩かれているみたいですね」

「年寄りは、何かを強いることはない」

年寄り、年寄り、と繰り返すパクの言葉がおかしくて、わたしは短く笑う。パクの表情は変わらない。

「それにしても、これを下さるのが少し遅いような……」

「キム作家を見ていると、ギワンに会うより、会うための準備に重きを置いているように見えてね。時間が必要なんじゃないかと思ったんだ。違ったかい？」

「……」

パクはいま、ギワンに会うためのプロセスが会うことの中に含まれている、そう言っているのだろうか。いずれにせよ、それが間違っているわけではない。出会いに意味を持たせるなら、どんなかたちであっても互いの人生に介入する瞬間が必要になる。ブリュッセルに来て、ギワンの供述書と日記を読み、彼が滞在した場所や歩いた街を辿っている間、ギワンはすでにわたしの人生に入り込んでいた。だからこそ、今度は彼にもわたしのことを、彼自身が介入しているわたしの人生を知ってもらおう。ギワンがわたしの人生へと歩んできた距離と同じ分、わたしもまた彼に向かって歩んでいくべきなのだ。〝ロ・ギワン〟、心の中でそう呼んでみる。新たな世界へ導く暗号で、わたしの人生を振り返るための呪文だったイニシャルLではなく、わたしを通じてきっとどんな些細なことでも笑顔になってくれる、いまこのときを生きている人の本当の名前を。

「話したいことがもう一つあるんだが、聞いてくれるかい?」

わたしがテーブルの上に置かれたメモ用紙をようやく手に取って財布に入れたとき、パクがそう告げた。ビールのせいだろうか、見上げたパクの顔は少し赤らんでいる。

「ええ、お話しください」

「あの肝臓がん末期の患者の話だ。もう聞き飽きたかもしれないが」

「いいえ、そんなことはありません。どうぞ」

わたしは改めて背筋を正し、パクに視線を向けた。パクが語る、彼の妻に関する最後の話になるだろう。

「ある日、その患者が、病院に行って薬をもらってきてほしいと言ったんだ。抗がん剤治療はやめて、退院して家で過ごしながら鎮痛剤を打っていた頃だった。安楽死させてほしい、できない、どうしてもそうしたい、それでもできないものはできない、そんな言い合いをよくしていたよ。いずれにしても、薬をもらいに行けるのはわたしだけだから言われたように家を出たんだが、なぜか妙な胸騒ぎがしてね。直感だったんだろう。タクシーを捕まえようとした手を止めて、一目散に家に駆け戻ったよ。あれほど全力で走ったのは人生で初めてだったと思う」

「……」

「妻が……外出着に着替えて、ベランダで前のめりになって立っていたんだ。いまキム作家が寝泊まりしているあの部屋のベランダの欄干に片足をかけて。骨が弱くなって階段ものぼれなかったというのに」

「そのとき、決心されたんですか」

「おそらく」

「あの高さから落ちていたら、痛みが大きかったはずです」

「キム作家」

パクはそう呼んで、静かにこちらを見つめた。

「キム作家、わたしは奇跡を信じている。実際に何度か遭遇したこともあるしね。しかし、なかなか訪れてはくれない奇跡を待ち望む間、果たして何が患者を守ってくれるのか、わたしにはわからないんだ。知ってのとおり、奇跡というのは……めったに起きてはくれないからね」

わたしは、首が痛くなるほど何度も大きくうなずいた。自分にできるのはこれしかないというように。実際のところ、わたしがパクのためにできることはない。こちらを見つめるパクの表情がつかめない。

「いい景色だ」

窓の外へ目を向けたパクが、ひとりごとのように低い声でこう言う。

「そう言えば、クリスマスイブだったな」

わたしはゆっくりパクの視線を追う。窓ガラスの向こうでは、ひと組の若いカップルが幸せそうに口づけを交わしている。温かいキスを交わしている恋人たちこそ、サンタクロースやキャロルよりもクリスマスイブにぴったりだ。そのうち、いつの間にか彼らの姿がまぶたに浮かぶ。パクもいまこの瞬間、ギワンとライカのことを思っているのだろうか。パクの横顔がかすかに和《やわ》らいだ。その微笑から、パクが思い浮かべているのはギワンとライカではなく、四十年余り前、何も持たず見通しもないままにフランスに留学に来た、若かりし頃の彼の姿だと気づく。そのとき、パクのそばには、彼だけを信じていた若き日の妻がいた。貧しい留学生だったパクと、レストランの仕事とスーパーマーケットのレジ係を掛け持ちしていた彼の妻も、クリスマスイブだけは腕を組んでパリの夜の街を歩きながら、めったに起こることのない奇跡について語り合ったことだろう。例えば、大学の卒業証書や安定した職場、生まれてきた子どもたち、あるいはもうすぐ生まれる子どもたちの明るい未来、広くはなくてもバーベキューパーティーくらいはできるこぢんまりした庭と、年に一度は手に入れられる韓国行きの飛行機のチケットについて。奇跡、その非現実的なことを受けいれるのも人生の一部だった、この世にたった二人だけだったあの頃。

ライカと離れて三か月後、ギワンもイギリスへ向かった。担当部局に申告せず、ツーリストビザも申請していなかった。当然のことだ。ギワンがイギリスに向かったのは、旅行でも知人訪問のためでもなかった。生きるために、孤独にならないために、ブリュッセルを去ることにしたのだから。この行動は、ベルギー政府による難民認定を放棄することを意味していた。それはすなわち、ベルギーで受けられるさまざまな社会的恩恵と市民として定着することで得る安定を捨てて不法移民に戻り、命の保証がない人生へと逆戻りすることを意味していた。ヨーロッパは一つの連合を成しているが、難民の認定は共有していない。ベルギーで難民認定を得ても、他国では有効にならないのだ。難民認定を受けた国を自ら去るからといって、それを止めたり罰する機関もない。むしろ国は、難民が出ていくのを暗に望んでいる。難民認定を放棄した者に対し、国が責任を取ったり支給しなければならないものは、もはや存在しないからだ。

ギワンはそのすべてを理解していた。それでもブリュッセルを離れ、もう二度と戻ってくることはなかった。すなわち彼は、愛する人と思う存分に体温を分け合う瞬間の充足感のために、それ以外のものすべてを捨てたのだ。不安定な立場になっても、愛する人がそばにいてくれるなら、目的地もわからぬままどこまでも歩き続けるしかなかった凍える冬はもう二度と来ることはないという確信、それだけで彼は決心できた。この世で最も侘《わび》しく密《ひそ》やかな場所で、焦燥に駆られながらサイコロを振る必要はもうないのだ。

「夕食をご一緒しませんか？　料理は得意なんです」

わたしはとっさにそう言った。料理が得意というのは嘘だった。だからといってそれが何だと言うのだ。パクにプレゼントしたいのは、まずいに決まっている料理ではなく、食事のひとときだった。木製の食卓、香り高い料理、ソースや塩を手渡してほしいとささやく声、テーブルの上を動く手もと、透明なコップに水を注ぐ音、その日の出来事や翌日の予定を語らう柔らかい声、交差する愛情のこもったまなざし……。何より、今日はクリスマスイブだ。天には栄光を、地には平和を。今日、この世のすべての者は、温かい食事を分け合う資格がある。

パクはきょとんとした表情を浮かべている。わたしは椅子から立ち上がり、コートを羽織りながら軽やかに言う。

「クリスマスイブですから」

ようやくその意味を理解したように、パクが「それはいい」と答える。わたしたちはパブを出て、お祭りを愉《たの》しむ人びとの間を歩いていく。仲睦まじい家族や恋人たち、弦楽四重奏を奏でる街中の奏者たち、空いた酒瓶を割ったり爆竹を鳴らしたりしながら無邪気に笑い合う十代の子どもたちが次々に視界に入ってくる。隣で歩調を合わせて歩いていたパクが、「なぜ驚かないのか」と特有の落ち着き払った声で訊いてくる。パクは、肝臓がん末期の患者が自分の妻だという事実に驚きはしないのかと訊いているのだ。わたしは、彼に顔を向けることなく、ひとりで静かにほほえむ。顔を見なくても、パクもいま頬を緩めていることにわたしは気づいていた。寒さを感じないのは、ブリュッセルに来て初めてのことだ。

二〇一〇年十二月三十日　木曜日

〝痛かったでしょう、放射線治療を受けている時期よね？　鏡はよく見るの？　退院はいつ頃の予定？　何か食べたいものはある？　あなたの右耳は、いまわたしのところにいるの。わたしの中でとても元気に過ごしてるからね。ごめん……〟

荷造りの最中に薬箱に目が留まり、どうしようかとしばらく悩んでいたとき、背後から新着メールの着信通知音が聞こえてくる。机の上のノートPCを持ってきて、メール画面を開く。

ユンジュからのメールだった。

震える手でカーソルを動かして添付ファイルを開くと、一枚の写真が画面いっぱいに広がる。前と同じように右頰を髪の毛で隠しているので、耳のあたりはよく見えない。右頰を隠してカメラの前に立っているのは、わたしへの気遣いだろう。写真の下側には補正機能を使って洒落た文字が刻まれていた。《Photo by リュ・ジェイ》。冬の晴れた日にお見舞いに来てカメラを取り出したジェイと、ちょっと待ってと大きな声で叫んで、念入りに鏡をチェックしながら髪型を整えるユンジュのせわしそうな姿が目に浮かぶ。笑って、と目を細めながらつぶやくジェイの声、ピースサインを作りながら気恥ずかしそうに笑顔を見せるユンジュ、彼女の顔に反射したカメラのフラッシュ、そしてその瞬間に響く軽快なシャッター音まで、すべてがこの一枚の写真に詰まっている。

右手でノートPCの画面を撫《な》でてみる。ジェイなら、この写真に体温まで収めようとしたはずだ。

今度はわたしが返事をする番だ。

ポケットから取り出した携帯電話の画面を開いて、ユンジュの番号をゆっくり押す。呼び出し音が鳴っている間、数えきれないほど口の中で練習してきた言葉が、いつの間にか舌先まで出てきている。ギワンの日記を読んでいるときや街を歩いているとき、パンにジャムを塗っているときやシャワーを浴びているとき、それだけが自分の務めであるかのように、舌の奥のどこかに隠しておいたその言葉を不意に出してはつぶやいていた。すべてはこの瞬間のためだった。感情の昂《たかぶ》りや焦りでどうしても伝えたいことが言えなくなること、わたしが心配していたのはそれだったのか。いや、それだけではなかったはずだ。もうこれ以上、自責の念に心がとらわれた状態でいまのユンジュから目をそむけたくなかったからだろう。保身以外に何も成しえなかったさまざまな思いを抱え、胸の中だけで苦しみを叫ぶような不甲斐ない人間でいたくなかった。ユンジュにだけは、正直でいたかった。

そのとき、呼び出し音が切れて、電話を取る気配が伝わってくる。わたしの電話だと気づいていたのか、彼女が先にあいさつをしてくれる。

「久しぶりですね、オンニ」

ユンジュの声を聞いた瞬間、わたしは片方の手で口を塞ぎ、自分の姿が彼女に見えないとわかっていながら何度も大きくうなずく。何か言うべきなのに、あれほど何度も練習してきたはずなのに、唇は力なく閉じられたままだ。胸の奥に手を伸ばし、少し変わっていて儚《はかな》い右耳を取り出す。これまでずっと話を聞いてくれたその耳が、こちらに向かってひらひらと飛び回っている。

ゆっくり唾を飲み込んで、携帯電話を持つ両手にいっそう力を込める。

沈黙が流れる。ずっと待っていた瞬間だ。

「ご、め、ん、

ご、め、ん」

聞いているのだろうか。「オンニ」、彼女がそうささやく。そして続く彼女の声。その声に乗った柔らかいひとことを聞いたとたん、わたしはするするとその場に座り込んでしまった。彼女のその言葉もきっと、とっさに思いついたものではないだろう。彼女も同じように、ずっとそれを口の奥にしまっておいて、事あるごとに取り出しては練習してきたのかもしれない。わたしはようやく立ち上がり、窓辺に向かう。ブラインドを上げると、透き通った日の光が一気に差し込んできて眩《まぶ》しい。その間にも、聞いているのか確かめるユンジュの声が繰り返し聞こえてくる。

「オンニ、いま言ったこと聞こえた？　もしもし？　ちゃんと聞いていますか？」

聞いているよ、すべてを。ちゃんと聞いているからね。十二月末のブリュッセルの朝日は清々しくて、いつにも増して自分がいま生きていることを実感させてくれる。この街はこうしてわたしを送り出してくれるんでしょう。

ユンジュが鼻をすすりながら泣き始めた。

「大丈夫よ、ユンジュ。わたしは本当に大丈夫だから」

時間は緩やかに流れる。あなたの右耳は、わたしがこれからもずっと大切にしまっておくから。その耳が最後まで言えなかった言葉、それを聞くためにわたしは生きていくのだ。だからユンジュ、これからはもう目の前の怪物と闘わないで。それは勝ち負けなどなく、もし勝ったとしても負けたときのように消耗するだけの闘いなのだから。

しばらくしてユンジュが泣きやんだ。わたしはいま、番組用の台本ではなく、過去を悔いている者にしか書くことができない話を綴っていて、それはとても寂しかったある人物の足跡を辿った内容で、小説というよりは日記に近いものだと話す。なんとか書き進めてはいるけれど、これを書く資格が自分にあるのかわからなくて時折つらくなることもあると、言葉に詰まりながら伝える。

「オンニ」、ユンジュがまたわたしを呼ぶ。相変わらず、相手を孤独にさせず、戸惑いや不安がすべて受けとめられていると思わせる声だ。その甘い声に、わたしはもう慰められている。彼女が何を言おうと、すべてを受けとめるつもりだ。

〝十分よ〟、彼女はそう言ったのだろうか。

両手で包んでいた右耳が、こちらに向かってひらひらと舞い始めた。もう一度、正直になるべき瞬間が来たことを、その耳がそっと告げている。

ソウルに戻る前にロンドンに寄る用事があり、ちょうど今日向かうところだと、右耳を見つめながら話す。

「ロンドンですか？」

「そう、ロンドン。その、とても寂しかった人が、いまロンドンにいるの。その人にどうしても伝えたいことがあって。それが終わったら……あなたにも聞いてもらいたいの」

「え？」と訊き返したユンジュに、ロンドンでその人に会ったらすぐにソウルに帰る予定だと伝える。そして、今度は遅れないからと、あなたがわたしを必要としているときに、もう二度と背を向けたくないのだと、早口で言う。ユンジュは、ぷっと吹き出しながら笑う。そして、自分が撮ったジェイの写真から、格好よく写ったものをメールで送ると言う。

わたしたちは笑いながら電話を切る。携帯電話をポケットにしまって振り向くと、そこにはパクが立っていた。スーツケースに視線を落とした彼は、空港まで送りに来てくれた様子で、車の運転は久しぶりだと言う。電話の会話をすべて聞いていたのだろうか。涙で頬を濡らしてほほえんでいるわたしを見ても、彼は怪訝な素振りをまったく見せない。

＊

ブリュッセル・シャルルロワ空港に着き、チェックインを済ませて荷物を預けても、一時間ほど余裕があった。ブリュッセルを出発してロンドンのヒースロー空港に着くフライトのチケットには、出発時刻が午後四時十分と刻まれている。

パクとわたしは、空港内のカフェでコーヒーを飲む。

コーヒーを飲みながらユンジュについて話す。命あるかぎり生きるしかなく、生きる理由を否定する苦しみも人生の一部だというおかしなアイロニーをすでに知ってしまった十七歳の少女について。パクは時折うなずくだけで、ソウルにいるテレビ局のスタッフのように、彼女の身に降りかかったことはわたしのせいではないという言葉で意味もなく慰めることはない。詳しく訊ねることも、安易に判断を下すこともない。ただ黙って聞いている。わたしが話し終えると、彼は言葉を選びながら言う。

「すまないという気持ちだけで、人生を締めくくることもできる」

出発の時間が迫ってきた。

わたしは、スーツケースを引いて、パクとともに出国ゲートへ向かう。別れぎわにパクに鍵を返す。ブリュッセルにいる間、穏やかな時間をもたらしてくれただけでなく、身の安全を保障し、原稿を書くよう励まし、生きなければならないという使命を受けいれるまでの日々を見守ってくれた、パクのマンションの鍵だ。

「お礼を言うつもりかい？」

わたしが声を発する前に、パクがそう訊いてくる。

「いつもわたしの言いたいことを先におっしゃるんだから」

「年寄りは……」

「年寄りは、お礼を言われても心に響かないと？」

素早く言葉をさえぎると、パクが笑みをもらす。これまで見たことのない、朗《ほが》らかな笑顔だ。

わたしもつられるように笑う。

「夕べ、ギワンと電話で話したよ。キム作家を待っているそうだ」

「わたしの書いたものは……、小説じゃないんです」

「何を書いたとしても、ギワンに会わなければ完結しないだろう？」

「そうでしょうか？」

パクは肯定する代わりに、穏やかな沈黙で考える時間をくれる。うつむいたわたしは、ギワンに伝える最初のひとことを考えてみる。しばらくして、パクが再び口を開いた。

「ギワンに会ったら、韓国に帰る予定かい？」

「韓国に帰りたいお気持ちは？」

「いや、帰るつもりはないよ」

「それはどうして？」

「十年くらい前に一度帰ったんだ。母の墓の状態を確かめにね。だけど、墓地に行くこと以外に何もすることがなかったよ。ほとんどホテルの部屋に閉じこもっていてね。あそこには、行く場所も会う人もいない。ずっと昔に、すべてを捨ててここに来たのだから」

笑みを浮かべていたパクの顔が、ひっそり寂しそうに沈んでいく。わたしは最後に勇気を出すことにした。本当は、初めてパクに会ったときから気になっていた。何かを探るような鋭いまなざしでこちらを見つめては、目が合うとたちまちそっぽを向いて、いまのように寂しそうな気配を漂わせる理由を。

「そろそろ教えてくれませんか？」

「……？」

「わたしはそんなに似ていますか？　奥様に」

「……うむ、どうだろう」

「違っていたら、少し残念です」

「わたしはそこまで幼稚な年寄りじゃないさ」

そう言いながら、パクはわたしの肩を撫でる。そのとき、二人の顔に笑みがこぼれる。

「そう言えば、前に話したことがあったね。キム作家もわたしの妻も、ほんのわずかな寛容さすら自分に許さないのだと」

「はい」

「そう言えば……」

「……」

「似ている。目もとや口もと、それ以外にもほんの少しずつ。じつは……、妻も文章を書きたがっていた。いつも物書きになりたいと言っていたんだ」

「……」

わたしの肩に触れていたパクの手がするすると落ちていく。目の錯覚だろうか。パクの瞳に涙のようなものが光ったと思った瞬間、彼がこちらに一歩踏み出してきて、思いがけないほどの切ない声で言う。

「ひとつ頼みがあるんだが……、聞いてくれるかい？」

「ええ」

「思っていたよりも平気だった、それほど苦しくなかった、と一度だけ言ってもらえないだろうか」

「……」

分厚い眼鏡の奥にあるパクの弱々しい瞳は、すっかり濡れている。その嘘のない涙をただ見ていることができず、わたしも彼に一歩近づき、耳もとに唇を寄せて、「苦しくなかった」とささやく。「眠っているように穏やかだった」と、「最期だという意識もないまま、すべてが自然で、痛みはまったくなかった」と。

パクは、ひどく震えた両手でわたしの顔を包む。熱かった。まるで自作の彫刻に触れる芸術家のように、あるいはたったいま生涯を終えたばかりの肉体を切なく見つめる魂のように、パクはわたしの顔を心を込めて優しく撫でる。目もとや口もと、そしてあごや両頰に触れる彼の手から、わたしは一つの人生を感じ取る。パクの人生が、その手にすべて詰まっている。

「……苦労をかけた。一生、苦労ばかりだった」

パクの言葉に耐えられなくなり、わたしは両腕を広げてパクを抱きしめる。

フランス語や英語のアナウンスが次々に流れ、大勢の人びとが慌ただしく行き来する騒がしい空港の一角で、わたしたちは長い間抱きしめ合っていた。そのときわたしは、パクの背後で開いた、小さな隙間に目を凝らした。ガラスコップに薬物を入れ、そこに少しのお酒を混ぜる震える手もと。永遠の別れの前に交わされたであろう短いキスと愛の言葉。寝室の扉を閉めてリビングのソファに沈み込み、両手で顔を覆う一人の男の姿。時間を支配する規則的な時計の秒針の音が響くなかで、自らの選択を何度も自問する声。そして再び寝室の扉を開けて、彼が向き合わなければならなかった一つの生涯の終焉と、骨が断ち切れるような喪失感、いつまでも続いた慟哭《どうこく》。

遠ざかる泣き声とともにゆっくりと閉じられていくその隙間から、わたしはその情景を何ひとつ見落とすことなく、すべて目に焼きつけた。いま抱きしめているのは、一人の肉体ではなく、その人が生きてきた一つの時代であり、血と骨ではなく、言葉で定めることのできない一つの存在なのだ。いつのときも孤独だった、パク・ユンチョルの人生そのものだ。

天に飛び立つことも、地に落ちることもできない羽の濡れた小鳥は、長い間、わたしの胸に包まれていた。

抱擁が終わり、パクが目もとを拭《ぬぐ》いながらつぶやく。

「もう、いい」

「……」

「これでいいんだ」

「……」

別れの時間が、二人を待っていた。

出国ゲートに入る前、パクは「死ぬ前に一度会いに行くと、ギワンに伝えてほしい」と言う。わたしは目くばせでわかったと伝え、パクも目で軽くあいさつを返す。

ゲートを通る前、わたしはもう一度振り返った。

パクは、身動きすることなくまっすぐ立ち尽くしている。一礼したが、彼は微動だにしない。そのときわたしは、彼がわたしの背後にある世界を見つめていることに気づいた。彼が何を見つめているのか、訊かなくてもわかる。ブリュッセルで出会い、かけがえのない存在となったパクを残して、わたしは再び自分の道を歩み始める。

＊

離陸した飛行機が水平飛行に入った頃、バッグからギワンの日記を取り出す。あるページには、三年前のベルリン発ブリュッセル行きユーロラインズのバスチケットが挟まれており、また違うページには、シルヴィが〈ノッキン・オン・ヘブンズ・ドア〉とメモしてくれた黄色の付箋が貼ってある。パクから受け取った、シルヴィとギワンの写真も入っている。

そして、最後のページ。

そこには、マンションを出る前に急いで印刷してきた一枚の紙が、折り畳んで挟んである。画質が少し粗くて、ところどころぼやけてはいるものの、ピースサインをしてにっこり笑っているあの子の表情だけは見えるからいいとしよう。ここには写ってないけれど、他者の目には見えないユンジュの隠れた涙を慈しみの心で紡ぐこと、それはソウルに戻ってからのわたしの役目になるだろう。

その紙を日記の最後のページに再び差し込む。

日記をバッグに入れて、今度は紺色の箱を取り出す。その中には、青のスプリングノートとアルバム、そしてエレンのクリスマスカードが入っている。飛行機が少し揺れていたが、わたしはノートを開き、神経を集中させて一行ずつペンを走らせる。シャルルロワ空港でパクと別れた場面だ。

およそ一時間後に飛行機が着陸すれば、この記録も終わりを告げる。

ギワン、これこそあなたに伝えたい、わたしの物語だ。

ノートに書けなかったエピソード

ヒースロー空港に着くと、時刻はブリュッセルで飛行機に乗ったときとほぼ同じ、午後四時二十分だ。ヨーロッパ大陸とイギリスの間には、一時間の時差がある。

空港エクスプレスに乗り市内に出て、インターネットで予約しておいたホテルで荷を解く。ギワンが働いている中華料理店は、クイーンズウェイにある。イギリスのみならずヨーロッパで最大のチャイナタウンは、ソーホー地区のジェラルドストリートにあるが、ギワンとライカは、賑わっていて若者の多いソーホー地区ではなく、閑静な住宅街と広い公園のあるノッティング・ヒル地区の小さなチャイナタウンを選んだというわけだ。

シャワーを浴びて部屋のベッドに腰かけ、もう一度、紺色の箱を開ける。

今度は、アルバムを取り出してページをめくってみる。ブリュッセルでギワンの足跡を辿りながら、その合間に撮った写真が一枚ずつ整理されている。北駅の近くでヴァイオリン奏者が自分の音に酔いしれている姿、地下鉄ドゥ・ブルケール駅近くの屋外のパラソルでコーヒーを飲むパクの横顔、ホワイエ・セラの正門の前で手を振るシルヴィ、孤児院の院長室の椅子に座ってほほえむエレン、グッドスリープの三〇八号室、ギワンが暮らしていたナプル通りのアパート、ラソン通りにある中華料理店の金山花《ジンシャンフゥア》、クリスマスシーズンのブリュッセルの街並みを写した数十枚の写真の数々……。写真データを印刷してアルバムに差し込みながら、わたしはギワンの笑顔を心に思い描いていた。ホワイエ・セラでシルヴィと撮った写真のように、どこまでも明るくて天真爛漫な笑顔を。アルバムを一ページずつめくりながら、ギワンはブリュッセルでの二年余りの日々が幻ではなかったことを、その時間もまぎれもない人生の一部だということを受けいれるだろうか。国籍や身分証はなくとも、その国の言葉がわからずとも、街をさまようだけの幽霊だったことは一度もなかったということを。

アルバムを見終えると、ギワンはわたしのノートを読むことになるだろう。

《はじめは、彼はただのイニシャルLだった》という一文から始まり、《ギワン、これこそあなたに伝えたい、わたしの物語だ》で終わる、二〇一〇年冬のブリュッセルを記録した青のスプリングノート。インタビューでイニシャルLが語った言葉に導かれるままブリュッセルを訪れ、この街の二〇一〇年十二月を過ごし、いつの間にかギワンを通じて自分を肯定できるようになった日々を綴った物語、ひと月のわたしの旅路を。

箱を閉じて、ベッドに横になる。

すぐには眠れそうにない。睡眠改善薬の入った薬箱はブリュッセルで捨ててきたので、今晩はもっぱら自分の力で眠るしかない。

*

翌日、紺色の箱を抱えて地下鉄の駅へ向かう。

数駅過ぎて地下鉄を降りると、クイーンズウェイが目の前に広がっている。地下鉄クイーンズウェイ駅の周りには、アンティーク品を扱う店や古書店が立ち並ぶ。中華料理店だけでなく、インド、アラブ、トルコ、メキシコ、アフリカのレストランもわりと多い。龍や虎、仏像などの装飾品が並んだお店があちこちにあるし、ケバブやクレープを食べ歩きしている人を何人も見かける。漢字で書かれた中華料理店の看板も次々と目に入ってくる。ギワンが調理補助として働いているレストランの泉亭居《チュンチェンクー》は、クイーンズウェイ四十二番地にある。

しばらく歩いていくと、ようやくその店の看板が現われた。道路の向かい側から、店をぼんやり眺める。

泉亭居の看板は赤色で、店の入口には赤い提灯《ちょうちん》がぶら下がっている。まだ明かりは灯されていないが、立派な房のついたそれはとても美しい。入口のそばには大きなガラス窓があって、その内側では料理人の格好をした男の人が、北京ダックを焼き上げる回転ロースターの隣で、小麦粉の生地をこねている。

わたしは持っていた箱を胸に抱きかかえて、その姿をじっと見つめる。彼は手もとに集中していて、なかなか顔を上げない。白くて長細い帽子は少し大きくて、生地をこねる手の動きはとても軽やかだ。顔がよく見えない。わたしたちは道路で隔てられていて、彼は下を向いている。彼は小柄な東洋人だが、わたしはその人が本当にギワンなのか、確信が持てない。

ちょうどそのとき、誰かに呼ばれたのか、ふと振り返った彼の顔がちらりと見えた。ほほえんでいる。道の向かい側に立っていたわたしも、思わずつられて笑ってしまう。その笑顔で、シルヴィと写ったあの写真のギワンだということに気がついた。ちょうどいま、後ろから彼を呼んだ人が誰なのかも。

わたしは、店に向かって一歩踏み出した。

この道を渡れば、彼に会える。

道路を渡って店に向かっている間も、彼は手もとに集中したままだ。

ガラス窓の前で一瞬足が止まる。彼が顔を上げて、こちらに視線を向けたのだ。足がすくんだわたしは、窓の外でそのまま動けずにいた。何かが気になったのか、彼がもう一度顔を上げてこちらを見つめる。

わたしたちはそうして、しばらくの間じっと見つめ合っていた。

そして次の瞬間、ギワンはさっきのように、にっこりほほえむ。生地がついた手を大きなエプロンではたき、入口へやって来てドアをめいっぱい開けてくれる。彼が何か言った。わたしはあまりの緊張のせいで聞き取れなかったが、ちらっとパクの名前が聞こえたので、反射的にうなずいて見せる。

ギワンが駆け足で近づいてきて、勢いよくわたしの手を取ってくれた。

体温のある、本物の両手で。

その手に導かれるまま店内に入った。ホールの奥から、あどけない印象の女の子がひょいっと顔を出すとすぐに駆け寄ってきて、わたしを空いたテーブルに案内してくれる。

ライカはお茶を出すためにキッチンに戻り、わたしの目の前にはギワンが座っている。いまこの瞬間を生きていて、生きなければならず、これからも生き続けていくであろうひとつの固有の人生、絶対的な存在、呼吸をしている人。

今日、わたしは彼に、イニシャルKについて伝えたいことがたくさんある。

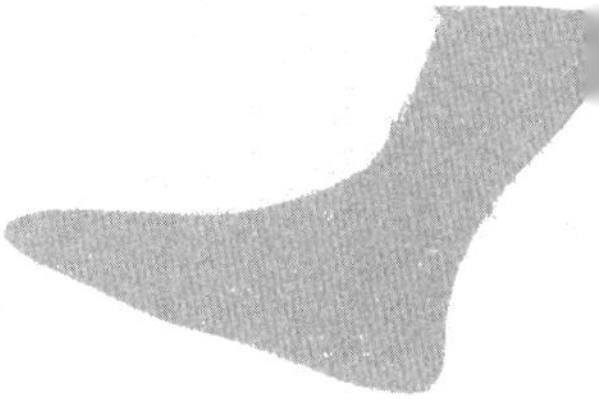

原註

＊　脱出という意味がある「脱北者」ではなく、北朝鮮離脱民、北朝鮮出身の移住者、経済流民等の用語を使うべきだという意見に深く共感しますが、この小説では社会的に通用されている用語という点を重視し、脱北者という表現を使用したことをここに記すとともに、ご理解いただけますと幸いです。

＊　「〝苦難の行軍〟と呼ばれるこの時期に飢餓で亡くなった住民は、およそ二、三百万人にのぼると考えられている」という一文において、二、三百万人とは一般的な推定値であるだけで正確な数値ではなく、異なる見解もあるという点をここに記します。一例として、統計庁ではおよそ二十七万人、国家情報院ではおよそ四十万人と推定しています。北朝鮮は、この時期の飢餓による死者数を公表していません。

＊　ロ・ギワンの年齢については、北朝鮮では公式的に満年齢を使用するという記述に基づいています（『朝鮮大百科事典』第五巻、平壌：百科事典出版社、一九九七年）。

＊　パク・ユンチョルの話に出てくる全身麻痺の患者に関する内容は、デレック・ハンフリー著『ファイナル・エグジット――安楽死の方法』（田口俊樹訳、徳間書店）を参照しました。

＊　作中の「グッドスリープ」「金山花」「泉亭居」は実在しません。

◈　右記以外に一部、実際の出来事に合致しない記述がみられますが、原著者に確認のうえ、小説上の創作として原作のままにしてあります。ご理解をお願いいたします。（新泉社編集部）

作家のことば

小説は一人で書くものだが、一人では書けない。

ベルギーでさまよう脱北者に関するド・ジョンユンさんの記事を読んでいなかったら、この物語は想像の世界にまで広がることはなかっただろう。一本の記事を頼りにベルギーを訪れた何者でもないわたしに、ベルギーでの難民申請について詳しく教えてくださったウォン・ヨンソ先生にも心からの謝意を伝えたい。ブリュッセルという都市の特徴だけでなく、街路名の発音までともに考えてくれた現地の韓国人記者さんと二人の留学生にも、どのような言葉で感謝の気持ちを伝えてよいかわからない。幼くして一人で川を渡り、中国を経て韓国にやって来たMには、これからもよき友でいたいという言葉を捧げたい。何の義理もないわたしに、Mは故郷についての話を、時には思い出したくないことまで打ち明けてくれた。

ブリュッセルの静かなパブで、個人的な心の苦しみをありのままに語ってくださったY先生と、いつか偶然テレビで見たドキュメンタリー番組の主人公にも、多くのご恩をいただいた。他者の人生を垣間見て、思いを巡らせ、物語として紡いでいくことがわたしの役目なのだろうが、時折、それは利己的な思いに支配されたものにすぎないのではないかという自問に、わたしはきちんとした答えを見つけられなくなる。そして、いまもその答えを見つけ出そうと努めているところだ。こう信じたい。いつの日か慰めの言葉として記憶されるために書かれた物語もあるということを。この物語が、彼らの人生の向こう側にいる誰かにも、ひとつの生き方として読んでもらえたら幸いである。

ここ数年間、わたしは幸運にも一生をかけて近づきたい数多《あまた》の作家に出会うことができた。その人たちの存在は、わたしに不甲斐なさを抱かせたが、再び筆を執るように勇気づけてくれもした。作家のみなさんに感謝の気持ちを伝えたい。すべての面で力不足ではあるが、ありのままの姿を読み取ってくれた出版社の創批《チャンビ》には、いまを耐え抜き未来を恐れない作家として歩んでゆきたいという言葉で、わたしの気持ちを伝えたい。励ましの文を添えてくださった作家のキム・ヨンスさんにも心からの謝意を届けたい。

最初から何かを書くつもりでベルギーに行ったわけではなかった。

しかし、二年前、ポーランドから乗ったユーロラインズをブリュッセル北駅で降り、ショッピング街の裏手にある古びたホステルに入り、フロントで指定された部屋のドアを開けた瞬間、不意に書きたいという衝動に駆られた。もの寂しくて冷えきったその部屋が、この小説の始まりであり終わりでもある。

誰もが涙を流す。

目には見えないその人の涙まで慈しみの心で紡ぐこと、それこそがイニシャルKの夢であるとともに、わたし自身の夢でもある。

その夢のためにわたしは書く。

家族にありがとうと伝えたい。

二〇一一年四月

チョ・ヘジン

推薦のことば

偶然、一人の男の人生に惹かれる。彼は、イニシャルあるいは痕跡として残る男だ。彼の人生を想像すること、理解すること、そしてそれを文章に綴るのは、無謀な欲望である。イニシャルや痕跡とは、いくら努力しても理解できないものがあるという事実を伝えるために存在するのだから。その文章が失敗に終わるのは目に見えている。他者は永遠に他者として残るものだ。それでもなお、ある者は何かを書こうとする。失敗を受けとめるという態度、そこに己の人生の意味がすべて集約されているからだ。決して他者を理解することはできないという事実を通じて、逆説的に自己の人生を理解できるようになる現象は、文学においてたびたび目撃される。『ロ・ギワンに会った』は、まさにそのような小説だ。

キム・ヨンス

訳者あとがき

本書は、二〇一一年にチョ・ヘジン(趙海珍)が発表した長編小説『ロ・ギワンに会った(로기완을 만났다)』(創批《チャンビ》)の全訳である。生き残るという覚悟一つで異郷の地に渡った脱北者の青年ロ・ギワンと、大切な人に取り返しのつかないことをしたという罪悪感に苛《さいな》まれる放送作家キムの姿が、ベルギーのブリュッセルを舞台に描かれている。ギワンの日記をもとに彼の足跡を一つひとつ巡るなかで、その深い孤独や苦しみに思いを馳せるキム。彼女にとってその日々は、ギワンの姿を通じて自分と向き合う旅路だった。

チョ・ヘジンは、二〇二四年に作家デビュー二十年を迎える。デビュー以来一貫して、社会から背を向けられたり、帰属感のないままさまよう人びとの姿を温かいまなざしで見つめてきたことから、〝他者の作家〟と呼ばれてきた。二〇〇四年に中編小説「女に道を訊く」で『文芸中央』新人文学賞を受賞して作家デビューした彼女は、二〇〇八年に、社会から疎外された人びとの心の痛みを綴った初の作品集『天使たちの都市』（呉華順《オファスン》訳、新泉社）を発表した。そして、二〇一一年に発表した本作『ロ・ギワンに会った』が大きく注目される。この作品は、「現代の人びとが抱える痛みに通ずる物語で、内面を省察する姿を書き上げた」と評され、申東曄《シンドンヨプ》文学賞を受賞。さらに、二〇二一年には韓国の公共放送局ＫＢＳと韓国文学評論家協会が共同で選定した「わたしたちの時代の小説」五十選の一つに選ばれ、「今の韓国社会は他人の苦しみにますます無感覚になりつつあるが、この小説からはともに生きることの意味とは何かについて考えさせられる」と評価された。なお、本作は英語版とロシア語版が翻訳出版されており、二〇二四年には本作を原作とした映画『ロ・ギワン』（キム・ヒジン監督、ソン・ジュンギ主演）がオンライン配信で公開される。

主な作品に、希望を失った若者たちの夏の時間を描いた長編小説『夏を通り過ぎる』、歴史的暴力に立ち向かう人びとの姿を追った短編集『光の護衛』（金敬淑《キムキョンスク》訳、彩流社）、フランスに養子に出された女性が自らのルーツを探す旅を描いた長編小説『かけがえのない心』（オ・ヨンア訳、亜紀書房）、壊れゆく世界の片隅で生きる人びとの姿を見つめた短編集『わたしたちに許された未来』などがある。これまでチョ・ヘジンは、若い作家賞、無影《ムヨン》文学賞、李孝石《イヒョソク》文学賞、白信愛《ペクシネ》文学賞、大山《テサン》文学賞、東仁《トンイン》文学賞など、名だたる文学賞を受賞しており、現代韓国を代表する作家のひとりとして高く評価されている。彼女の作品が邦訳出版されるのは、本書で四作目になる。

本作の大きなテーマの一つが「他者への憐《あわ》れみ」である。本作について著者のチョ・ヘジンが、「単純に可哀想だという感情ではなく、真心を込めた、結果的に自分の人生にも影響して何か変化をもたらすような、真摯で純粋な憐れみとは何かと考え、そんな思いを投影した作品」(「KBSニュース」二〇二一年十二月五日のインタビュー)だと語っているように、主人公キムは、自分がギワンやユンジュに抱く感情が偽りのない心からのものなのかと苦悩する。「他者の苦しみは実体が見えず、察することしかできないため、つねに何かが欠けている」(本書一二九頁)ことを日頃から痛感しているキムは、ロ・ギワンについて何かを書く資格が自分にあるのかと自問し続ける。それでも彼女は「今度は彼にもわたしのことを、彼自身が介入しているわたしの人生を知ってもらおう。ギワンがわたしの人生へと歩んできた距離と同じ分、わたしもまた彼に向かって歩んでいくべきなのだ」(一七九—一八〇頁)と心を決めてギワンに会いに行く。表面的ではない心からの憐れみは、どのようにして生まれるのか。どうしたら他者の痛みに寄り添うことができるのか。わたしたちは他者をどのように理解すべきなのか。本作は、キムの苦悩を通じてこのような問いについて深く考えさせてくれる。

チョ・ヘジンは、実際に起きた社会問題や歴史的な事件をテーマにして、国家や権力による暴力に苦しむ人びとの姿を描くことでも知られている。本作では、北朝鮮の状況や脱北者、難民、そして安楽死をめぐる問題などに焦点が当てられているが、彼女が見つめているのはあくまでもそこで生きている個人の姿である。母国を脱し、中国を経てブリュッセルに渡ったギワンは、「生きるために生きてきただけなのに、故郷を離れて以来ずっと追われ、隠れ続けなければならない犯罪者となり、時には一人の人間として守り通したかったものまで根こそぎ奪われた理不尽な日々」（七八頁）を送り、孤独や不安、貧しさ、周囲からの無視に耐え続けている。ブリュッセルの華やかな街並みを目の当たりにした彼の、「栄養失調で成長が止まった子どもたち、病人のように髪の毛がごっそり抜け落ちた青年たち、……あれは、あの人びとは、幻だったのか。こんなにも豊かな世界の向こうに、信じられないほどの貧しさと飢えにあえぐ大きな共同体が、まぎれもなく一つの国家として存在しているということが信じがたかった」（四二頁）という描写などからもわかるように、北朝鮮での暮らしや脱北者の現実が繊細かつ立体的な筆致で描き出されている。難民の保護や支援を行なうＵＮＨＣＲ（国連難民高等弁務官事務所）の資料によると、二〇二二年に新たに難民認定された北朝鮮出身者は世界十か国に二百六十七人存在し、多い順からドイツ九十一人、ロシア三十七人、イギリス三十五人、カナダ三十三人、ベルギー二十八人と続く。そしてこの資料からはさらに、難民認定されていない北朝鮮出身者も世界各地に数多くいることが推測できる。また、韓国に渡った脱北者の数は累計約三万四千人にのぼるが、人知れず家族や知人のいない寂しさや経済的問題を抱えているケースも多い。本作は、これまであまり目を向けられなかったその一人ひとりの姿に焦点が当てられている点でも非常に意義深いと言えるだろう。

二〇〇九年の秋からおよそ一年間、ポーランドの大学で韓国語を教えていたチョ・ヘジン。外国での暮らしで、異邦人として生きることの不安を身を持って感じていた彼女は、ある日、ベルギーでさまよう脱北者の記事を読んで現地に向かったと言う。この経験をきっかけに、彼女の作品の世界観は大きく変わっていく。デビュー当初は、疎外された主体が大きな苦しみを抱えると、自ら進んで孤立することを選ぶ物語が多かったが、本作を書いていた頃から、絶望を抱えて立ち止まるより、他者とつながろうとする人物に心が動くようになったと話している。

「これまでずっと他者を見つめてきましたが、その視線の方向や質は変わってきたように思います。歳《とし》を重ねて、接する人や読む本の範囲が広がるにつれて、絶望するという態度は現実から目をそむけることなのではないかと感じるようになりました。絶望は、何もしなくていいという砦になってくれるからです。作家として、一人の人間として、硬い皮を剝《は》がして外に出て行くべきだと感じていた頃、自分より不安で何も持たない人びとの姿が目に映るようになりました。その中の一人がロ・ギワンのような脱北者です」、「『ロ・ギワンに会った』を書いていた頃から、人と人とのつながりに関心を抱くようになりました」（「チャンネルYES」二〇一九年七月号、二〇二〇年十月号のインタビュー）

本作においても、はじめは出口の見えない深い闇の中にいた登場人物たちが、決してその苦しみに埋もれることなく、人とのつながりのなかで心の傷を修復し、生きる意味を見いだしていくさまが描かれている。ギワン、キム、パクは、互いの痛みに寄り添い、そして互いの存在によって心が救われていく。このようにチョ・ヘジンは、登場人物たちの痛みを温かいまなざしで包み込み、人と人との関係のなかで新しい道を模索しようとする姿を描くことで、そこから生まれる希望の光を灯している。これこそ、彼女が〝他者の作家〟であるとともに〝光の作家〟と呼ばれる所以だろう。

「他者を知っていくこと、相手を完全に理解できなくても、わたしたちは知ることで互いを照らし合う瞬間を求めているのだと思います。その光によってわたしたちは生かされている、そう信じています」（「KBSニュース」二〇二一年十二月五日のインタビュー）

この世のどこかにいるであろうギワン、キム、パクの姿を思い描いてみる。ひょっとすると彼ら彼女たちは今もつらい思いを抱えているかもしれないし、さらに大変な状況に置かれているかもしれない。それでもきっと目に見えない絆で結ばれていて、離れていても互いのことを思うだけで心が強くなれるのだろう。

明日何が起こるかわからない不安定な世界で、わたしたちはいつの間にか他者の痛みに目をそらすようになったのかもしれない。しかし、著者の言葉のように、いまこそ相手の悲しみや苦しみに耳を傾け、寄り添っていきたい。それがいつの日か、互いを照らすあたたかな光となり、明日を生きる支えとなると信じて。

＊

この小説はわたしがおよそ十年前に文学翻訳家を志したとき、いつか自分の手で訳したいと心に誓った作品です。キムの抱く罪悪感や心の葛藤、ギワンの孤独や疎外感が胸に響くとともに、生きることをあきらめない姿、人とのつながりを信じる姿勢に力をもらいました。最後のページを閉じたとき、心が洗われるような感覚を抱いたことを鮮明に覚えています。

本書の翻訳・出版にあたり、多くの方にお世話になりました。温かい励ましの言葉とともに訳者からの質問に丁寧に答えてくださったチョ・ヘジンさん、感謝の気持ちでいっぱいです。そして、チョ・ヘジン作品を心から愛し、親身になって根気強く編集にあたってくださった新泉社の安喜健人さん、何度も背中を押してくださった翻訳家のオ・ヨンアさんとカン・バンファさん、翻訳仲間として貴重な意見を寄せてくれたアン・ミンヒさんに心からの謝意を表します。

なお、翻訳刊行にあたっては韓国文学翻訳院のご支援をいただきました。重ねて感謝申し上げます。

二〇二三年初冬

浅田絵美

〔著者〕

チョ・ヘジン（趙海珍／조해진／CHO Haejin）

一九七六年、ソウル生まれ。

二〇〇四年、中編「女に道を訊く」（『天使たちの都市』に収載、呉華順訳、新泉社）で『文芸中央』新人文学賞を受賞し、作家デビュー。マイノリティや社会的弱者、社会から見捨てられた人びとなど、〝他者〟の心に思慮深い視線を寄せる作品を書き続けていることで〝他者の作家〟とも呼ばれ、幅広い読者の支持を得ている、現代韓国文学を代表する作家の一人。

本作『ロ・ギワンに会った』で申東曄《シンドンヨプ》文学賞、長編『かけがえのない心』（オ・ヨンア訳、亜紀書房）で大山《テサン》文学賞、『完璧な生涯』で東仁《トンイン》文学賞、短編集『光の護衛』（金敬淑訳、彩流社）で白信愛《ペクシネ》文学賞、短編「散策者の幸福」で李孝石《イヒョソク》文学賞など、数々の文学賞を受賞。

〔訳者〕

浅田絵美（ASADA Emi）

一九八三年、広島県生まれ。

韓国学中央研究院の韓国学大学院にて人類学科修士課程卒業。

日本の放送局にてディレクターとして勤務後、韓国でラジオのパーソナリティや翻訳の仕事を始める。

韓国文学翻訳院の翻訳アカデミー特別課程を修了。

訳書に、チョン・ヨンジュン『幽霊』（彩流社）。

韓国文学セレクション
ロ・ギワンに会った

2024年2月10日　初版第1刷発行©

著　者＝チョ・ヘジン（趙海珍）
訳　者＝浅田絵美
発行所＝株式会社 新 泉 社
〒113-0034 東京都文京区湯島1-2-5　聖堂前ビル
TEL 03 (5296) 9620　FAX 03 (5296) 9621

印刷・製本　萩原印刷
ISBN978-4-7877-2322-2 C0097 Printed in Japan

韓国文学セレクション　天使たちの都市

チョ・ヘジン著　呉華順訳　四六判／二五六頁／定価二二〇〇円＋税／ISBN978-4-7877-2223-2

《遠のく女にわたしは訊いてみたかった。
これからわたしはどこへ行くべきか、どこへ向かうべきなのか——》

傷つきながらも声をあげられずにいる人、社会から見捨てられた人たちへの、〝同感〟のまなざしが光る珠玉の短篇集。

米国に養子に出され、十五年ぶりに一時帰国した十九歳の〈きみ〉、結婚移民としてウズベキスタンから渡韓した高麗人《コリョサラム》三世の〈彼女〉、父の家庭内暴力の跡をからだじゅうに残している〈わたし〉——。癒えない傷を抱えた人の心を繊細に描き、世代を超えて支持される七篇の中短篇。

「韓国人と結婚したからって韓国人になれるわけではないってことを、わたしもわからなかった。たとえ運良く韓国籍を取得したとしても、わたしは端から何者にもなれない境界線に佇む人間でしかないの。結局、わたしも父も、同じ列車に乗っていたってわけね。つまり……目的地を持たない貨物列車はいまなお走り続けているのよ。わたしは身ひとつで、行き先もわからない列車の中から外を眺めているだけ」

韓国文学セレクション　イスラーム精肉店

ソン・ホンギュ著　橋本智保訳　四六判／二五六頁／定価二一〇〇円＋税／ISBN978-4-7877-2123-5

朝鮮戦争の数十年後、ソウルのイスラーム寺院周辺のみすぼらしい街。孤児院を転々としていた少年は、精肉店を営む老トルコ人に引き取られる。朝鮮戦争時に国連軍に従軍した老人は、休戦後も故郷に帰らず韓国に残り、敬虔なムスリムなのに豚肉を売って生計を立てている。家族や故郷を失い、心身に深い傷を負った人たちが集う街で暮らすなかで、少年は固く閉ざしていた心の扉を徐々に開いていく。

韓国文学セレクション　きみは知らない

チョン・イヒョン著　橋本智保訳　四六判／四四八頁／定価二三〇〇円＋税／ISBN978-4-7877-2121-1

韓国生まれ韓国育ちの華僑二世をはじめ、登場人物それぞれのアイデンティティの揺らぎや個々に抱えた複雑な事情、そしてその内面を深く掘り下げ、社会の隅で孤独を抱えながら生きる多様な人々の姿をあぶり出していく。現代社会と家族の問題を鋭い視線で描き、延辺朝鮮族自治州など地勢的にも幅広くとらえた作品。

韓国文学セレクション　ギター・ブギー・シャッフル

イ・ジン著　岡　裕美訳　四六判／二五六頁／定価二〇〇〇円＋税／ISBN978-4-7877-2022-1

新世代の実力派作家が、韓国にロックとジャズが根付き始めた一九六〇年代のソウルを舞台に、龍山《ヨンサン》の米軍基地内のクラブステージで活躍する若きミュージシャンたちの姿を描いた音楽青春小説。朝鮮戦争など歴史上の事件を絡めながら、K－POPのルーツといえる六〇年代当時の音楽シーンの混沌と熱気を軽快な文体と巧みな心理描写でリアルに描ききった、爽やかな読後感を残す作品。

韓国文学セレクション　**さすらう地**

キム・スム著　岡 裕美訳　姜信子解説　四六判／三一二頁／定価二三〇〇円＋税／ISBN978-4-7877-2221-8

一九三七年、スターリン体制下のソ連。朝鮮半島にルーツを持つ十七万の人々が突然、行き先を告げられないまま貨物列車に乗せられ、極東の沿海州から中央アジアに強制移送された。狭い貨車の中でひそかに紡がれる人々の声を物語に昇華させ、定着を切望しながら悲哀に満ちた時間を歩んできた「高麗人《コリョサラム》」の悲劇を繊細に描き出す。東仁《トンイン》文学賞受賞作。

韓国文学セレクション　**舎弟たちの世界史**

イ・ギホ著　小西直子訳　四六判／三四四頁／定価二二〇〇円＋税／ISBN978-4-7877-2023-8

一九八〇年に全斗煥《チョンドゥファン》が大統領に就任すると、大々的なアカ狩りが開始され、でっち上げによる逮捕も数多く発生した。そんな時代のなか、身に覚えのない国家保安法がらみの事件に巻き込まれたタクシー運転手ナ・ボンマンは、政治犯に仕立て上げられてしまい、小さな夢も人生もめちゃくちゃになっていく。軍事政権下の不条理な時代に翻弄される平凡な一市民の人生を描いた悲喜劇的な秀作。韓国でロングセラーの話題書。

韓国文学セレクション　**我らが願いは戦争**

チャン・ガンミョン著　小西直子訳　四六判／四九六頁／定価二五〇〇円＋税／ISBN978-4-7877-2122-8

北朝鮮の〈金王朝〉が勝手に崩壊する——。韓国で現在、最善のシナリオとみなされている状況が〝現実〟になった後の朝鮮半島という仮想の世界を舞台に繰り広げられる社会派アクション小説。朝鮮半島の実情や人々の認識、社会的背景がよく反映され、大部の長篇ながらも読者を一気に引き込む力を持つ力作。

韓国文学セレクション　七年の最後

キム・ヨンス著　橋本智保訳　四六判／二四〇頁／定価二三〇〇円＋税／ISBN978-4-7877-2321-5

書かないことで文学を生き抜いた詩人、白石《ペクソク》。北朝鮮で詩人としての道を断たれた白石の後半生を、現代韓国文学を代表する作家がよみがえらせた長篇作。望んだけれど叶わなかったこと、最後の瞬間にどうしても選択できなかったこと、夜な夜な思い出されることは、ことごとく物語になり小説になる。伝説の天才詩人が筆を折るまでの七年間。

韓国文学セレクション　夜は歌う

キム・ヨンス著　橋本智保訳　四六判／三二〇頁／定価二三〇〇円＋税／ISBN978-4-7877-2021-4

詩人尹東柱《ユンドンジュ》の生地としても知られる満州東部の「北間島《ブッカンド》」（現中国延辺朝鮮族自治州）。現代韓国を代表する作家キム・ヨンスが、満州国が建国された一九三〇年代の北間島を舞台に、愛と革命に引き裂かれ、国家・民族・イデオロギーに翻弄された若者たちの不条理な生と死を描いた長篇作。

韓国文学セレクション　ぼくは幽霊作家です

キム・ヨンス著　橋本智保訳　四六判／二七二頁／定価二二〇〇円＋税／ISBN978-4-7877-2024-5

九本の短篇からなる本作は、韓国史についての小説であり、小説についての小説である。キム・ヨンスの作品は、歴史に埋もれていた個人の人生から〈歴史〉に挑戦する行為、つまり小説の登場人物たちによって〈歴史〉を解体し、〈史実〉を再構築する野心に満ちた試みとして存在している。

韓国文学セレクション
詩人 白石《ペクソク》 寄る辺なく気高くさみしく
アン・ドヒョン著　五十嵐真希訳　四六判上製／五一二頁／定価三六〇〇円＋税／ISBN978-4-7877-2222-5
尹東柱《ユンドンジュ》と並び、現代韓国で多くの支持を集め続ける詩人、白石。一九三〇年代、植民地下にあっても人々の生活に息づく民族的伝統と心象の原風景を美しい言葉遣いで詩文によみがえらせて一世を風靡した。本書は、韓国を代表する抒情詩人である著者が、敬愛してやまない白石の詩・随筆とその作品世界の魅力を余すところなく伝え、波乱に満ちた生涯を緻密に再現した、韓国で最も定評あるロングセラー評伝である。

目の眩んだ者たちの国家
キム・エラン、キム・ヨンス、パク・ミンギュ、ファン・ジョンウンほか著　矢島暁子訳
四六判上製／二五六頁／定価一九〇〇円＋税／ISBN978-4-7877-1809-9
傾いた船、降りられない乗客たち──。
国家とは、人間とは、人間の言葉とは何か。韓国を代表する小説家、詩人、思想家たちが、セウォル号の惨事で露わになった「社会の傾き」を前に、内省的に思索を重ね、静かに言葉を紡ぎ出した評論エッセイ集。

海女たち　愛を抱かずしてどうして海に入られようか
ホ・ヨンソン詩集　姜信子・趙倫子訳　四六判／二四〇頁／定価二〇〇〇円＋税／ISBN978-4-7877-2020-7
済州島《チェジュド》の詩人ホ・ヨンソン（許榮善）の詩集。日本植民地下の出稼ぎ・徴用、解放後の済州四・三事件──。現代史の激浪を生き抜いた島の海女ひとりひとりの名に呼びかけ、語りえない女たちの声、その愛と痛みの記憶を歌う祈りのことば。作家・姜信子の解説を収録。